U0934005

旅伴文库·小说精品城际阅读

聂震宁／总主编
贺绍俊／主编

曾经

薛燕平——著

漓江出版社
·桂林·

图书在版编目 (CIP) 数据

曾经/薛燕平著 .-- 桂林:漓江出版社，2022.1
（旅伴文库:小说精品城际阅读）
ISBN 978-7-5407-8998-5

Ⅰ.①曾… Ⅱ.①薛… Ⅲ.①中篇小说—中国—当代
②短篇小说—中国—当代 Ⅳ.① I247.5 ② I247.7

中国版本图书馆 CIP 数据核字（2021）第 007833 号

CENGJING
曾经
薛燕平　著

出版人：刘迪才
丛书策划：张谦
责任编辑：王坤
书籍设计：石绍康
责任监印：张璐

出版发行：漓江出版社有限公司
社址：广西桂林市南环路 22 号　邮编：541002
发行电话：010-65699511　0773-2583322
传真：010-85891290　0773-2582200
邮购热线：0773-2582200
电子信箱：ljcbs@163.com
微信公众号：lijiangpress
印制：朗翔印刷（天津）有限公司
［天津市宁河区潘庄工业区六经路南侧　天津市鹏赢工贸有限公司院内 5 号厂房　邮编：301508］
开本：880 mm × 1230 mm　1/32
印张：7.25　字数：82 千字
版次：2022 年 1 月第 1 版　印次：2022 年 1 月第 1 次印刷
书号：ISBN 978-7-5407-8998-5
定价：58.00 元

目录

Contents

总 序

聂震宁

《旅伴文库》乃应时而生的出版项目。当今之世，既是提倡全民阅读之时，又是全民旅行已成热潮之际，正应了古人“读万卷书，行万里路”的人生信条。究其实，现代交通工具大大方便了百姓的出行，旅行几乎成了普通民众的一种生活常态，“行万里路”已成简单的事情；而全民阅读则还在国家、社会的提倡中，普通人真正要“读万卷书”，似乎还比较困难。然而，唯其难，故而需要多方设法推动，长期用心提倡。漓江出版社策划设计这一文库，既顺应了现代人出行的需要，更是为全民阅读助力，颇具趁旅行热潮助推全民阅读，借全民阅读提升旅行质量的匠心。

相比较已经形成热潮的旅行，全民阅读似乎还不够热。尽管国家为倡导全民阅读加大力度，各级政府为开展全民阅读提供政策支持，每年“世界读书日”各地开展活动有声有色，“书香中国”活动在全国范围风生水起，家庭阅读、校园阅读、社区阅读、机关阅读渐次开展，有识之士一直在呼吁让阅读成为一种生活方式，然而，平心而论，许多主要是在外力推动下开展起来的阅读，距离“让阅读成为一种生活方式”愿望的实现，还有长路要走。

如何才能让这一愿望成为现实呢？我们以为，让阅读与日常生活相伴或许是努力的主要途径。全民旅行热潮形成，旅行已经成为普通百姓的一种生活方式，提倡在旅途中阅读也就是比较自然的事情。国际上曾有过“中国人不爱读书”的负面评价，评价者所举证的，正是旅行途中许多发达国家人士在读书，而许多中国人并不读书，颇使得许多极具荣誉感和自尊心的国人心中不爽。其实，要改变这一国际负面印象并不困难，最直接的办法就是让更多国人在旅行途中读起书来。当然，在旅行途中读书并非为了做样子给国际人士观赏，挣回一点面子，而是全民阅读之树必然开出的日常生活之花。《旅伴文库》正是为了催生这美丽的花朵而做出的努力。《旅伴文库》的出版宗旨“人生漫旅，好书伴你”，就是出版人真诚而温馨的承诺。

事实上，开展在旅行途中的阅读，对于提高我国旅游事业的质量也是大有裨益的。对于国人的旅行，一直都有些负面的评价，认为其盲目、简单、粗糙，缺少文化内涵和审美情趣，还有就是不读书。这些负面评价已经成为国民素质不高的重要证据。知书达理或知书达礼，不爱读书的民族谈何文化内涵和审美情趣！于是，近些年来，就有许多关于改善旅行生活、提高旅行质量的意见提出，其中有一条意见颇具感染力，那就是“带一本书去旅行”。

“带一本书去旅行”，其直接的用意是让人们在旅行途中闲暇时刻不至于无所事事。古人主张“第一等好事还是读书”，那么，人在无所事事时，第一等好事更应当是读书了。人在旅途中，休闲时也要保持着优雅的生活姿态，而阅读正是一个人最优雅的生活姿态。旅行是一个发现美、欣赏美的过程。“带一本书去旅行”，既可以读书明理，也可以直接帮助我们丰富旅行知识，探寻美的存在，增加旅行的深度和厚度。旅行即意味着暂时摆脱日常世俗生活的纷扰，暂时忘却生活中某些庸俗无聊的烦恼，所谓“偷得浮生半日闲”，让身心得到休养，那么，“带一本书去旅行”，可以借一本好书帮助我们超凡脱俗，让一本好书高雅的气质陪伴我们的灵魂，让一次次旅行成为与一本本好书相伴随的精神之旅。

应时而生的《旅伴文库》，其用意就是倡导“带一本书去旅行”，让精品图书成为旅行者的精神伴侣。在全民旅行热潮扑面而来的同时，也要让全民阅读热潮相伴而去，让“读万卷书，行万里路”的理想成为现实。

为了旅途阅读而设计的《旅伴文库》，自然要更多顾及旅行阅读的特点。旅行阅读当然是各有所好，专门为旅行者出版的图书，则要更多体现旅行者阅读的便捷、休闲、审美、精粹等需求的特点。《旅伴文库》的各个子系列设计得很具匠心。其中，“散文精品城际阅读”系列，一辑只选7位作家，颇有“七剑下天山”的气概；每人每本不过十来万字，极大突出了精选的精神，再配上雅致便携小开本软精装，精编精印，想必能吸引读者眼球而令人想要一睹为快。“漓江的书，买了再说”，是20多年前本人在漓江出版社社长任上为该社拟定的广告语，出版人的自信自许，竟然在这个系列的设计中重新得以体会。

《旅伴文库》已经出版“散文精品城际阅读”两辑共14种，每辑各有7人7种。第一辑有刘亮程的《半路上的库车》、朱秀海的《一个人的车站》、王剑冰的《水墨周庄》、徐则臣的《去额尔古纳的几种方式》、陈彤的《玻璃栈道》、阿德的《北行记》和董谦的《种稻记》；第二辑有彭程的《头脑中的旅行》、乔叶的《一杯白茶》、陆春祥的《霓裳的种子》、顾建平的《冬天我到南方》、谷禾的《黑棉花，白棉花》、陈世旭的《俗可以，别太俗》和王可越的《万物与我》。入选的每一位作家都以实力呈现，努力奉献自己卓具新意的作品。在邀约散文名家加盟过程中，散文专辑的主编、著名散文家王剑冰先生主张作品质量优先，要求新人新作质量必须上乘是自不待言，而名作家必须以力作入选则体现态度的严肃，因而，14 人 14 本小书实在称得上是精选精编而成，阵容齐整。自图书面世以来已经引起许多读者的兴趣，良好的市场效应和文学出版业内的好评，使得出版社信心倍增。

漓江出版社乘胜前行，《旅伴文库》又有“小说精品城际阅读”第一辑即将面世。第一辑的主编是贺绍俊先生。他曾经担任《小说选刊》杂志社主编，不但是著名的选家，还是著名文学评论家，其代表作就有《铁凝评传》等。贺绍俊先生邀约了7位堪称实力派的小说家加盟。7位作家四女三男，风格各不相同，放到一起来读，令我们竟有斑斓之感。

正由于眼前的小说家们让我们有了斑斓之感，我觉得有必要给读者们一一介绍。

女作家中有程青。这位曾被论者称赞为“创作稳定、持久、优质，具有一个作家天生应该具有的素质”的女作家，用曾经获得老舍文学奖的小说名作《十周岁》加盟。《十周岁》是一部杰作。作品把20世纪70年代的民间生活描摹得精细入微、有声有色，人物刻画得栩栩如生，令人不由得会惊叹作者透彻的生活观察力和出色的想象能力。

女作家中还有薛燕平。她在20世纪90年代的中国小说界展露风姿，也曾经获得过老舍文学奖，现旅居匈牙利。她的《曾经》一书收入的《曾经》《蓝》两篇名作，饶有兴味地讲述北京城普通百姓平淡自然有趣而时有情感波澜的日常生活。有论者指出："薛燕平在北京胡同长大，这里成了她的文学福地。她在这里开掘了一口深井，她的小说资源几乎都出自这口深井。"

第三位女作家则是陶丽群。有论者认为陶丽群的小说"有梦的质地，惯于以最安静最平淡的方式暗示出一个人内心深处至为隐秘的关切"。我觉得她总是写得很细腻。她曾经获得过《民族文学》的年度优秀作品奖。她这次以《寻暖》一书加盟，书中收入了她颇具可读性的《寻暖》《白》两部佳作。前者讲述了一位被拐妇女悲凉无奈的一生，后者写单亲母亲把患有白化病的女儿托付给一位终身未婚的老太太的故事。作品尽管都在书写人的悲苦，可并不让人感到绝望，反而能激起读者内心良善的愿望。

第四位女作家是曾经获得鲁迅文学奖的叶弥。她的《成长如蜕》一书包括了《成长如蜕》《消失在布达拉宫的一头鹰》两部奇作。那么，何以称它们为奇作？首先是因为《成长如蜕》是她创作的第一篇小说，第一篇小说就引来许多喝彩，有论者认为她“灵感有如天赐，妙笔宛若天成”；而《消失在布达拉宫的一头鹰》，书名即令人惊奇，加上作家以平静而简练的笔法，描述了一个简单而情节富有张力的故事，并放射出不同寻常的光芒，故而我称之为奇作。

这里的男作家有夏商、弋舟、石一枫。虽然加盟作家男少女多，却丝毫不意味着阴盛阳衰。三位男性作家的作品阳刚之气十足，足以体现实力派作家的劲道。

夏商就是那位曾经在1999年策划“后先锋文学”活动，组织20多位后先锋作家发表小说和文论，造成20世纪末重要文学现象的颇具冲击力的作家。他曾有小说入选美国杜克大学《中国当代短篇小说高级读本》。这次入选的《初恋两种》由《我的姐妹情人》《恨过》两部小说构成。这位提倡后先锋文学的作家，将用内涵丰富的两种初恋来叩击读者的心灵。

曾经获得过鲁迅文学奖的弋舟以《李选的踟蹰》一书加盟。书中收入了《李选的踟蹰》《空调上的婴儿》两部小说，前者描写人际间的情感纠葛，后者讲述一位丧子母亲的永久伤痛，敏感而深致。这位还获得过《小说选刊》《小说月报》等重要刊物优秀作品奖的作家，正如有论者指出“始终保持着优雅的姿态”那样，即便讲述伤痛，也能给我们哲理和美学的暗示。

同样获得过鲁迅文学奖和《小说选刊》《小说月报》等重要刊物奖励的作家石一枫，他为读者带来的是中篇小说《营救麦克黄》，这部作品入选2016“《收获》文学排行榜”中篇小说排行榜。有论者指出石一枫“有一双捕捉时代人物的鹰眼”，他的小说往往从身边小人物切入，讲述属于这个时代中国人的命运，营救狗狗麦克黄的故事想必会让读者读来觉得生意盎然。

《旅伴文库》在“散文精品城际阅读”两辑之后重磅推出“小说精品城际阅读”第一辑，形成更大格局和不凡气象，相信这不仅会成为文学界、出版界各位同好的共识，也会成为众多文学读者的真切感受。更重要的是，当众多旅行者决心“带一本书去旅行”时，有了这些可爱而精致、精美的口袋书可供选择，可以从中找到温情相伴的旅途伴侣，成为一次快乐旅行的美好开始，自然是一件令人愉悦的事情了。

2021 年 2 月第三稿

聂震宁，第十、十一、十二届全国政协委员，中国作协全国委员会名誉委员，中国韬奋基金会理事长，中国出版协会副理事长，《旅伴文库》总主编。

曾　经

李铁良家住沙滩儿，跟《红旗》杂志对门，现在叫《求是》。一大早，街道办事处来电话，让他去一趟，给他找了份工作，铁良心里就像是开了道缝，透亮了。在家闷了一年，虽说秀珍心甘情愿养着他，可一个大老爷们不能让娘儿们养着。

铁良家的院子里住着十来户人家，原本挺宽敞的院子盖满了房子，中间就剩下一米来宽的一个过道，几十口子人叽叽喳喳亲亲密密，真是抬头不见低头见，一块住了几十年，磕磕碰碰的难免，可就是没坏了北京和和气气的老规矩。随着一家一户往城外搬，院子里慢慢变得清静了；清静没多久，接着就有外地做小买卖的来租房，什么卖菜的、卖包子的、卖炒货的，院子里就有了南腔北调，也就有了另一番热闹。

铁良买了油饼、豆浆，专为孩子预备了牛奶、面包，伺候着媳妇儿上了班，孩子上了学，这才一身轻松地往外走。离院门最近的住着铁良的二哥，二哥病了好多年了，媳妇儿刚丢了工作，两人正办低保。两家日子都不富裕，谁也帮衬不上谁。二哥看见铁良，问干吗去。铁良说去办事处领工作。二哥叮嘱铁良别挑挑拣拣的，什么工作做好了就行。

迎面《求是》院子里的枣树开花了，一阵清香飘过来，不由得使劲吸几口气。已经剩个春尾巴了，人困马乏，谁都巴望吃饱了就睡。铁良不困，揣着好事的人神清气爽，脚底下像踩了弹簧，二十分钟的路，十分钟都没用完，推开办事处劳动科的门，见小张正忙活着跟几个人谈事，就安静地坐在一把椅子上等。一会儿，人都走了，问小张什么工作。小张从身后的铁柜子里掏出一个塑料袋子，递给铁良，铁良忙把塑料袋打开，塑料袋里是一套黄色的制服。小张努努嘴道："协管员，这活不错吧，一个月六百多块钱呢，比你在家闲待着一分不挣强多了吧。"铁良千恩万谢地出了劳动科，穿过院子，再走过传达室的门洞，就到了大街上，听见身后有人轻轻地喊了一声：

"是李铁良吧……"

铁良扭头，一个四十出头的女的冲他笑。铁良觉得面熟，正琢磨是谁，听她道：

"王文丽啊……"

嗨，铁良拍一下脑门子："瞧我，连老同学都忘了。"

王文丽是铁良最不该忘的，她是铁良中学时代的梦中情人，那时候，王文丽给了铁良多少好梦啊，不夸张地说，铁良初中时期的美好回忆离不开王文丽。对铁良来说，王文丽永远是那个十六岁扎着两条长辫的女孩。

而眼前的文丽已经大变了，细看看，只有从眉眼间能抓住一点点以前的影子，尤其是原来苗条的身材，现在已经像个发起来的馒头，浑身上下到处都是多余的肉。

铁良上下打量着文丽，问她住哪，来这干吗。不等文丽回答，又说，这么多年都没消息，不会是嫁了个好人家，把老同学忘了吧。

王文丽撇一下嘴道："还住道弯胡同啊，要真嫁个好人家，我还往这跑啊。"

接着问铁良："听说你当了包工头，满世界跑着挣钱，肯定是发了，干吗也往这跑啊。"

铁良逗她："往这跑也挡不住是有钱人啊，没准我还开大奔来的呢。"

说完自己先笑，文丽白了铁良一眼："德行，让我瞧瞧你那大奔在哪呢，蹬三轮就不错了。"两人一块笑。

王文丽下岗待业半年多了，跟铁良一样，一大早接了办事处的电话，让她来领工作，当协管员。铁良笑道：

“这下可有伴儿了。”

王文丽问铁良是不是一直当包工头来着。

铁良点头说：“当包工头不假，一直在廊坊那边干，也挣过点钱，后来生意就不好做了，你给人家干了活，人家不给你钱，追着要钱，就雇人打你。”

眼看话越说越多，铁良觉得这么干站着不行，就问文丽今天没事吧，要不去皇城根遗址公园坐坐？

俩人便出了街道办事处大门，对面的隆福医院车水马龙的，重复着每天都一样的热闹，隔着一条马路就能听见看车的大声吆喝：“别把车停那啊，回头贴条啊，罚两百块钱可不划算，回头你老婆跟你掰扯！”

他们出了大门往左转向西走，路过那个“二十四小时都有饭”的饭馆，隔着窗户看见里面座无虚席，文丽唠叨一句：

“这么早就吃饭啊，不怕撑着。”

铁良的注意力全在文丽的脸上，他总想从上面找出点过去的影子来。当年，要像现在挨这么近，铁良的心非从胸口蹦出来不可。

文丽走路还像中学时候那样，不慌不忙，四平八稳，像是京戏里边的四方步。铁良成心退后一步，为了看看文丽的背影；那时候只要一看见文丽的背影，铁良就心口发热，脸上发烧。可现在，文丽的背影只让铁良感到陌生，像所有中年妇女的后背一样，文丽的后背显得沉重，肉敦敦的。铁良心里一沉，不禁脱口而出：

“这日子过得可真快啊。”

文丽停住脚，侧脸望着铁良，嘴角是一丝不经意的笑，很淡，不在意她的人不会觉察到。

铁良感觉到了，笑得虽然不经意，可对于铁良来说，意味深长，铁良的心热了一下，加快脚步。没几分钟，两人就到了皇城根遗址公园。2001 年公园建成的时候，几乎全东城的人都来这看，那个账房先生看一个女孩玩电脑的塑像，上了《北京晚报》，真热闹啊。铁良记得中学班上一个叫吉原的男生就住小取灯胡同，听说为了建皇城根遗址公园需搬迁，吉原还大闹居委会，成了钉子户，最后来了一堆警察，吉原像个英雄似的让警察围在当中，吉原的瞎妈张着两只手在空中乱抓。因为给他们的拆迁款只能搬到昌平那边，吉原妈不愿意走。最后还是走了，谁也不知道吉原最后是不是得到了更多的拆迁款，那似乎不重要，没人追问那事，留下来的故事只是关于吉原和警察的。

铁良是听老婆秀珍说给他听的，这时候想起来问文丽知道不知道。文丽撇一下嘴说：

“当然知道啊，谁能不知道，住这么近。可他闹半天也没用啊，人家有权有势，你一个小小老百姓，最后还是住到昌平，上下班来回四个小时……”

铁良已经找个长凳坐下了，文丽也停住话头坐在铁良旁边。往周围看，几个老人正在不远处放风筝，还围着几个看的。其中一个穿蓝色棉坎肩儿老人的最高，在又蓝又高的天上只能看见一个黑点，老人的神态也十分悠闲；其余的几个不同，一个放京剧脸谱风筝的老人，好像有些气急败坏，另外还有一个风筝挂在了路边的槐树上，正有几个好管闲事的帮着够。

榆叶梅快开败了，而公园刚建成时栽种的杨柳树已经枝繁叶茂，只是柳树的叶子才只是淡淡的绿点。环卫工人正接了管子浇水，到处湿漉漉的，地气就顺势从底下冒出来，让人感觉到积攒了整个冬天的地气正形成一张大网，把地上所有的人和物都网起来，聚在一起，让每一个人、每一个物件都能感受到大地的好意。

文丽问铁良：

“那怎么不干了呢，是不是钱挣得太多了，怕贼惦记啊。”

北京胡同里的人喜欢幽默，无论穷富，无论男女，也无论大人孩子，一张嘴就能把人逗乐了。老百姓的日子，不自己找乐子寻开心，谁还惦记着把乐子往你怀里塞啊。

铁良说：

“刚说了，要不回账啊，都快出人命了，你不信啊。”

1995 年前后，铁良的生意不可谓不红火，接连在廊坊接了几个工程，铁良心里盘算一下，这么下来一年少说也能挣个十六七万啊。也的确是挣着钱了，铁良顾家，陆陆续续地把钱往回捎，除了春节，铁良没回过家。过了 2000 年，生意淡下来了，铁良翻翻账本，积攒下来的账不下二十万，他想把账要回来转行做其他生意。可他发现，找到那些老客户，喝酒吃饭行，一提欠的钱，就都不言语了。过了三四年，账没要回来，还打了好几回架，间隔着去山东包了几个小工程，山东人看着老实憨厚，其实比广东人还要机灵，账算得猴精，跟他要钱的时候总是说：

“哎呀，老兄，能亏得了你吗，咱们兄弟俩可是生死之交啊。”

感动得你都快尿裤子了，可就是见不着钱毛。铁良想这活是没法干了，这么回家秀珍的脾气还不火上房啊，索性去廊坊猫着吧。眼看到了2007年春节了，铁良心里着急拿钱回家，一大早就去了一个客户那，坐在办公室里等着老板来。传达室的人早把老板拦在门外头，铁良早上没吃饭，一直饿着肚子等到中午，见不着老板的人影，知道让人耍了，从椅子上站起来，一头栽到地上。再醒来的时候，见自己已经躺在病床上了，秀珍坐在一旁。铁良问在哪。秀珍赶紧凑上去说：

“这不等你醒了咱就回北京，回家。”

“就这么回来了？”文丽问道。

铁良说：“可不就这么回来了。”

“那些账不要了？怪可惜的……”文丽嘀咕一句。

铁良笑道：“瞧，这你就不如我们家秀珍了，人家不在乎我挣不挣钱，人家就在乎我这个人，宁可养活着我，也不让我出去了，咱一个大老爷们，得对得起人家，在家忍吧。”

文丽不屑道：“大老爷们才应该出去挣钱呢，你在家忍着就是大老爷们了？”

铁良乐了，他从文丽不屑的神情里看到了过去的文丽，那个扎着两条长辫儿的女孩儿。

“那我这不是出来挣钱了吗，跟你一样啊，一个月挣六百多块钱，我挺满意的。”

文丽看着铁良，问：“可你以前能挣大钱啊，你就心甘情愿挣这六百块钱？”

铁良说：“那我要说我就是心甘情愿呢，话说回来了，我不心甘情愿能怎么着？谁能跟命争啊。”

见文丽沉默，知道说得有点重了，铁良便转了话题，让文丽说说自己，这么多年怎么过的。

文丽眨巴两下眼，然后就低了头，两手卷着那条浅粉色纱巾的角，绕来绕去，弄得铁良不知所措。正不知道用什么话填补空当，文丽却道：

“还不是那句老话，红颜薄命。”

铁良扑哧一声笑了，说：“您倒不客气，这可不是自己说自己的，你留着让别人这么说你吧。”

文丽不以为然道：“那怎么了，实情儿啊，谁说不是一样。”文丽接着问铁良，知道中学里三班的那个叫李森的吧。铁良点头，用手比画着，大高个儿。文丽点头。

文丽中学毕业分配到橡胶厂当工人，没过多久李森就到文丽住的西杨威胡同找她，直截了当说：咱结婚吧。文丽的脸腾一下红了，她甚至没有正式地谈过恋爱。可她心里喜欢李森，在学校的时候李森托班上一个男生给文丽递过纸条，让她去道弯胡同第三个转角处等他。文丽当然不会去，道弯胡同在当时叫“爱情胡同”，早恋的学生都去那“打啵儿”（接吻），文丽认为早恋不好，所以她不会去。让她奇怪的是，那以后李森再没找过她。现在李森说出这话，文丽对李森的好感急剧增加，这说明李森没有忘记她，说明他对感情是忠贞的。所以当李森第二次来到西杨威胡同，拦住刚要进院门的文丽，问文丽想好了没有，文丽便毫不犹豫地点头答应了。

结婚后文丽就搬到李森住的道弯胡同，没过多久，孩子出生了。后来李森所在的灯泡厂停产，李森跟几个朋友去山东做生意。一开始一个月回来一次，带回一些钱，后来就是半年回来一次，没钱，说是生意不好，在家连吃带喝住半个月，临走还得带这带那。转年干脆不见人影儿了，春节都没回来，文丽一个人跑到顺义他姐姐那问，他姐姐一张嘴就不是善茬儿，说还要找文丽要人呢。文丽揣着一肚子气回到家，大病了一场。病好了，李森也回来了，

第一句话就是要离婚，说外边有人了。文丽竟然一点不伤心，好像早就预料到似的，说行啊，那你就滚蛋。说完抓起桌上的东西一通砸，吓得李森一溜烟跑了。

“然后呢？”铁良问。

文丽眨眨眼说：“没然后，一直到现在没回来，我这不等着他离婚呢。”

铁良愣了半晌，说：“你还真是红颜薄命呢。”

下午铁良去了菜市场，他想做个红烧肉，好长时间没吃了，想想就馋。心里也想为自己庆祝一下。

肉炖好了，放在那只粗瓷瓦罐里，盖了盖儿。看看墙上的挂钟，差十分钟六点，正琢磨着是现在炒菜，还是再等会，秀珍一拉门进来了，手里大包小包地拎着。铁良埋怨：

“不是说家里的事我管吗，怎么又去商场了。”

秀珍说：“这不是给你庆祝嘛，工作找着了，你高兴啊。”

铁良赶紧接过来，放在门口的凳子上。

秀珍人长得粗壮，说话比一般的女人声高，尤其自从铁良居家，秀珍养家糊口，男女调个个儿，老百姓的话：谁当家谁理直气壮。久而久之，秀珍过上了回家就端饭碗、两嘴一抹看电视的日子，看来这一家之主的称谓跟性别没关系，跟钱有关系。心里，秀珍不愿意铁良出去，她愿意养活自己的男人，她有能力养活他，不就是饭桌上多双筷子嘛，没什么大不了。凭什么男人能养活女人，男人该养活女人；女人也一样能养活自己的男人。北京的老娘儿们疼男人是出了名的，男人对于她们来说，就是自己的孩子。

秀珍一扭屁股已经坐在床上了。从门口到床也就两步的距离，铁良赶紧把拖鞋放到秀珍的脚边，又扭头拎了墙角的暖水瓶给秀珍沏茶。秀珍已经把电视打开了，转到北京台，等着北京新闻。

铁良跟秀珍很少说话，仿佛这辈子的话已经全说完了。铁良想炒菜，找不着铲子了，刚转悠着找铲子，女儿美丽回来了，美丽在65中学上初二。刚一进家门，就喊：

“爸，渴死了，给我一杯水。”

秀珍说：“没看见你爸正炒菜嘛，自己倒去。”

美丽哼唧着，蹭到妈旁边，秀珍看着女儿那张冒着热汗的俏脸，嗔道：“就你会撒娇。”

秀珍站起身，铁良一杯水已经递到女儿面前。美丽在铁良的腮帮子上亲一口。

炒了两个热菜，一个是烧茄子，美丽最喜欢的；还有一个是肉片炒扁豆，加上秀珍买回来的素什锦、猪头肉，摆了满满一桌子。

秀珍借机会问领的什么工作，铁良说协管员。美丽问那是干什么的。倒把铁良问住了，铁良最后想了想说：“也就是街道上那些事吧，总之比在家闲待着强。”

铁良让美丽说说学校里的新鲜事。美丽突然噘嘴说道：

“我忘了跟你们说……”

半句话完了没了下文，秀珍和铁良支棱着耳朵听。

美丽破釜沉舟道：“凭什么啊，梦梦先喜欢我的，凭什么白美丽第三者插足啊。”

又是那个白美丽，秀珍把手里的筷子啪一声放在桌子上道：

“以后不许你跟那个白美丽一块闹腾事，都叫了一样的名字了，说明你们俩有缘分。”

美丽心里怕妈，嘴上还硬：“我才不管呢，回头我去派出所改名去。”

秀珍生气道：“敢，那可是姥姥给你取的名，姥姥临走的时候只喊你一个人，反正你自己琢磨吧。”

美丽这才不言声了。

李美丽上学的第一天就知道，班上还有一个女生也叫李美丽。点名的时候老师也笑了，最后用学号分清楚。那个李美丽皮肤异常白皙，而美丽的皮肤黑，同学就把美丽叫“黑美丽”，那个皮肤白的就是“白美丽”。仿佛就为比较这俩女孩，才让她们同名同姓，而行为各异，那个白美丽举止温柔，话音委婉，动不动就喜欢掉眼泪，颇有林黛玉之风；而黑美丽则行动敏捷，嘴头快，像个响炮仗。无论什么事，一开始都是黑美丽占上风，可过不了多久，白美丽的韧劲就显示出来了，黑美丽落在下风。邻班有个叫梦梦的男孩，人长得很帅，也很会穿衣服，篮球打得好，课间休息的时候，全年级一大半女生都站在篮球场旁边看梦梦打篮球。梦梦像个明星似的，他的每一个动作都招来女生的喊叫，就连他打完球去卫生间洗脸，外面都会有几个女孩等他。其实梦梦并不是那种成心在女孩面前耍帅的男孩，据说梦梦的爸爸是一个什么大公司的老总，特别有钱，梦梦的里里外外都透着公子哥儿的阔劲。梦梦首先注意到活泼好动的黑美丽，她的喊声最大，最好听，笑容也最灿烂，她在众多喜欢梦梦的女孩中最不矜持，最自然，而且是每个课间只要梦梦打球，她都会出现在操场上，如果梦梦一次没来，第二天她就会跑到梦梦教室的门口，很大方地隔着好多同学问梦梦是不是病了。黑美丽一点都不造作，虽然大大咧咧，可一点也不粗俗，肤色虽然微黑，但五官长得周正，尤其是那双黑亮亮的眼睛，很有精神，所以梦梦不由自主被她吸引，两人也就一起在校门口的小卖部吃冰激凌、汉堡什么的，引来其他女生的羡慕和嫉妒。

过了一段时间，梦梦有意无意疏远黑美丽，黑美丽再邀请梦梦去吃冰激凌的时候，梦梦就找借口推托。终于有一天黑美丽发现梦梦的目光总跟着一个女孩转，那就是白美丽。

白美丽不像黑美丽那样很坦率地表明自己喜欢

什么，白美丽喜欢什么不直接说出来，比如她也像其他女孩那样喜欢梦梦，可她不但不说，而且还有意克制自己的行为，不让别人透过她的行为看出她的心思来。她故意躲着梦梦，即便有时候在楼道里跟梦梦走个对头碰，白美丽也是成心把眼睛看着别处，脚底下一阵小跑。感情这事就这样，上赶着做不成买卖，拉开距离反倒成功。梦梦觉得这女孩儿皮肤可真白，她为什么总躲着自己呢，越看不清她的脸，就越想看清楚。有一天俩人又在楼道里狭路相逢，尽管当着好多同学，梦梦冲着白美丽喊道：

“掉东西了。”

白美丽一惊，瞪着眼睛看着梦梦。这回梦梦看清楚了，女孩长得真秀气，尤其那两道弯弯的眉毛，像是用笔仔细画过一样。而白美丽吃惊的样子，更是让梦梦喜欢得心里痒痒。中午饭过后，女孩都在操场等着看梦梦打篮球，当然黑美丽也在那，可梦梦先是去了卫生间，他不是为拉屎撒尿，是为了让大部分同学都到楼外边休息，他知道白美丽从不出去，总是在教室里待着。然后梦梦去了白美丽的教室，里边还有几个男生和女生，都是不爱动的。梦梦直接喊白美丽的名字：

“李美丽，你出来一下。”

教室里的两个男孩起哄说：“李美丽在操场等着看你打球呢。”

梦梦很认真地说：“我不是找那个李美丽的，我是找这个李美丽。”

俩男生笑道：“嗬，你是黑白通吃。”

让人没想到的是，白美丽突然大声对那两个男生说：

“你们管得着吗。”

说完走到门口拉着梦梦走了。

有嘴快的马上告诉了黑美丽，又一个课间的时候黑美丽跑到白美丽的课桌前大嚷：“你干吗抢我男朋友，我招你惹你了，你干吗专跟我作对啊！”

白美丽不理睬黑美丽，就像什么都没听见，趴在课桌上做作业。黑美丽对着白美丽的耳朵喊，白美丽就是听不见。旁边的同学起哄：“打啊，揪她头发，从窗户扔出去。”

黑美丽跺着脚，回到自己的课桌，趴在上面大哭。

铁良忍不住说：

“她凭什么啊，这不是欺负人嘛，她不就是比咱白点嘛，她会抢，咱也会，美丽，咱再把梦梦抢回来。”

秀珍一旁乐道：“你以为像以前抢大白菜啊，多大的孩子啊，就爱啊恋的！”转身对美丽说：“你不许在学校弄这事，回头考不上重点高中，看我怎么收拾你。”

美丽冲着铁良做个鬼脸儿。铁良刷了碗，一切都收拾停当，美丽在家做作业，秀珍躺床上看电视，每天这时候，是铁良最悠闲最放松的时候。出了院门，脚底下往右边一出溜，就到了景山公园的东门口。五月的天气已经有点燥热，来景山遛弯看景的越来越多，数南门最热闹，吹喇叭抬轿子的弄些民俗活动，还有人穿着皇帝的衣服坐轿子，吸引了不少来京城旅游的人。铁良避开人群往公园的北头走，穿过那片牡丹园，顺着红墙往北，有个公共厕所，再往北，有个长方形的亭子，这是个施工的场所，亭子里堆满了木料和琉璃瓦什么的，白天来的时候，能看见几个工人在这干活。

亭子里除了铁良之外，有几个老头手里拄着拐杖坐着，大部分时间沉默着一言不发。铁良小时候练过几天拳脚，所以他喜欢在这比画两下，待着也是待着，每次铁良练完了，能听见几声闷闷的拍巴掌声，铁良不知道声音从哪个老人那发出来，铁良只抱着拳，像武林中人那样表示谢意。然后他也像那几个老者一样，沉默地坐着。

可今天铁良想说话，总有一种说话的冲动，话也像植物似的，会生长，这工夫就顺着铁良的咽喉慢慢地长起来，往外冒。铁良咳了一声，对靠近自己的老者说：

“这天越来越热了……”

半晌，老者“嗯”了一声。

铁良知道这不是说话的地方，他只要花五分钟走到牡丹园那，就可以随便找个人痛痛快快说一顿。但他不想，他知道自己想说话是因为高兴，一开始他以为是找着工作的缘故，可协管员的工作让他从心里高兴不起来，想我李铁良也是见过大钱的人，区区每月六百块，能安慰几个细胞啊。想来想去，高兴是因为文丽。这让李铁良开始审视一个作为男人的自己。

李铁良长相不俗，个头虽然不高，没有一米八大汉的魁伟，可也没落下一米七，因为从小练过武术，脚底下利索，走路轻，人看着就那么精神。虽然高中一毕业就去了房管局当了一名泥瓦匠，可凭着手艺好，后边也没少了羡慕的女孩。可那时候，铁良在心里有意无意地把那些女孩拿来跟文丽比。结果一个一个地都被比下去了。过了好多年，铁良明白过来，他心里留恋的只不过是中学那段美好的情感记忆，那是谁都无法代替的，文丽是他无法变更的美好追求，文丽已经不是一个具体的女人，而是铁良的一个梦。

铁良站起来，在黑暗中冲着几个老者点点头，算是告辞。其中一个老者问了声：今儿回得早啊，家里有事吧。铁良笑了笑，没回话。他知道人家看不见他笑，但他不想搭腔了，只想赶紧离开这地方，到别处转转，也许能碰到文丽……但他马上嘲笑自己，小孩心思。铁良毕竟去转悠了，哪热闹去哪，不为看热闹，专为看人群里的女人，尤其注意中年女人。至少三次，铁良几乎认定那就是文丽，身形、发式、姿态，都跟文丽一样，当抬手要拍她的肩膀的时候，那种陌生的气息便朝着铁良袭来。

当绕着景山公园走了两圈，被那种侥幸的心理折磨得筋疲力尽以后，铁良不得不放弃了，转身往家走去。

推开院门，吱扭一声，再往里走，李显贵家的狗叫了几声，铁良听见李显贵呵斥道："瞎叫什么，老实待着！小偷不来这儿，没什么偷的。"

铁良早习惯了李显贵的怪话，不理会。小心翼翼推开家门，秀珍躺床上闭着眼，手里握着电视的遥控器，每天都是一样的景儿，像是一个模子刻的。美丽在自己的小阁楼上复习功课。家里的地方太小了，美丽长成大姑娘以后，铁良就在屋子上边加了一个三平米的小阁楼，只能放下一张窄小的单人床，美丽让爸在床的尾部，加了一块长方形的小木板，当书桌。铁良不在家的时候美丽也喜欢在自己的小阁楼上待着，她是个现代人，讲究要有自己"独立的空间"。其实铁良也想有自己独立的空间，可那对于他来说，近乎一种奢望。

铁良进门的声音还是惊醒了小睡的秀珍，问铁良几点了。铁良看了下挂钟，告诉秀珍差一刻钟十点。俩人都不开大灯，怕打搅美丽，借着电视的亮儿，铁良给秀珍弄好了洗脸水，把毛巾放在盆边上，让赶紧洗。秀珍这才慢慢从床上起来。洗完了脸，铁良又往盆里倒了点热水，然后把盆端到床边，让秀珍洗脚。洗完脚，铁良一边端盆倒水，一边小声问：

“还洗那……什么吗？”

秀珍摇头，铁良心里就一沉。那是个暗号，如果秀珍答应洗下身，那就是告诉铁良今晚有房事，否则就素着。实际上铁良很清楚自己在家里的地位，包括床上的事，都要听秀珍的，从睡觉的位置就能看出来，谁是这家里的当家人。俩人结婚的时候都是秀珍睡在靠墙的位置，铁良睡外边；自从铁良闲待在家里，很自然地，铁良就自己挪里边去了。行房事，都要看秀珍的脸色，即便俩人正做到半截，秀珍突然没了兴致，虽然不情愿，铁良也得停下来。然后等秀珍睡着了，自己站在门外头用手完成。

但今天比平时不同，一个是工作有着落，再一个碰上文丽，等于把现在的铁良往回拽，一整天，铁良身上都热烘烘的，巴望着晚上跟秀珍做一回。听秀珍说不洗下身了，铁良的心一下冷了，嘴上虽然没说什么，可秀珍感觉到铁良突然蔫儿了，人的心一冷，整个的身体，乃至每一根汗毛都会收缩，挨得近的人很容易就能感觉到。所以秀珍问道：

“怎么了，刚不是还好好的？”

铁良掩饰道：“没怎么啊，一直都好好的。”

秀珍是疼男人的，像所有北京娘儿们一样，她们喜欢把丈夫当孩子养，她们的管辖范围很宽泛，宽到丈夫的每一个汗毛孔，都要问问通畅不通畅；北京的爷们儿基本上习惯于这种母系的生活方式，如果男人确实有本事，那就不着家了，黑天白日不见人，回头往家里放钱，那是硬道理；北京男人喜欢吹牛是出了名的，动嘴多，动手少，乐得处处有人管，省了多少辛苦。而铁良自从让秀珍从廊坊接回家，这么多年的漂泊生活结束了，也尝到了安逸生活的好处，他把其他的只当作一种代价，那句时髦话说得好：世界上没有免费的午餐。

把秀珍伺候到床上，铁良仰头喊美丽："赶紧的，差不多睡吧。"

美丽从上边扔下一句话："你们睡你们的啊，管我干吗。"

退一步说，即便秀珍不拒绝铁良，一家三口挤在一间不足二十平米的房子里，加上美丽已经不是小孩了，俩人亲热也是有忌讳的。现在的孩子什么不懂啊，只有你不懂的，没有他们不明白的。

铁良上床的时候已经差一刻十二点了，美丽跟她妈一样，睡觉打呼噜，铁良早已习惯；反倒是自己睡觉很轻，有个风吹草动就醒了，心里有事就睡不着，比如现在，虽说早躺下了，翻来覆去地折饼子。两眼就像是有两根火柴支着，怎么也闭不上。借着外边照进来的微弱月光，铁良看见秀珍丰腴的胳膊像两条雪白的藕，在幽暗的夜里闪着光。女人特有的气息扑过来，钻进铁良的鼻孔，慢慢地，铁良的身体躁动起来，像是有个不听话的小怪兽，在铁良的身体里一个劲捣腾，让他的血液整个往下涌，索性仰面躺着，任它不老实；铁良有意地想平常的事，一点不去想女人，他甚至故意想以前欠他钱的那些人，尽量想他们长的什么样。可无论怎么着，拐弯抹角地也能想到女人，女人……他想起跟自己有关的所有女人，包括妈，秀珍，当然还有文丽，甚至想起在廊坊的时候一次跟朋友去酒吧，一个吧女坐在他的怀里摸着他的脸，说他将来一定是个大老板。还有就是花几十块，或者几百块买来的女人，那都是铁良在极度孤独和渴望女人的时候，在某个城市的旅店里，与女人度过的夜晚。但他受不了第二天早上她们拿了钱走人时冷漠的神情。他发了很多次誓，不再找鸡了，但真正做到却是他回到北京以后。一度，他宁可把夜晚的权利交给秀珍，其实他是为了补偿秀珍，他知道秀珍绝不会出轨，这样过日子的女人比磐石还要稳定。但今晚他渴望做回男人，渴望男人的权利。

铁良悄悄地顺着自己的铺位，退到地上，他披了件衣裳，猫腰从地上拎起拖鞋，轻轻地拉开门闩，略微抬着门扇，以免发出咯吱的声响。铁良只能站在自己家的窗户根儿底下，对面的李显贵家的门只一步之遥，除非出大门到街上，铁良犹豫了一下，还是站在自家的窗根儿底下没动窝，他屏住呼吸，想听听李显贵家的动静，李显贵鼾声如雷，李显贵老婆常年卧病，儿子去年打架，在监狱里服刑。铁良低头看了看，裤衩顶起来了，他想速战速决，刚要掏出来，腾的一声，吓铁良一哆嗦，一只猫从房顶跳下来，铁良仔细看，是李显贵家的太森。铁良踢它一脚，意思让它赶紧走，别耽误事。太森仿佛看透了铁良的用心，偏不，它把自己缩成一大团，蹲在李显贵家的窗台上，两眼像两只琉璃球似的盯着铁良。铁良觉得奇怪，通常太森身后总是跟着一群小母猫，呜啊地叫个不停，今天怎么这么消停呢。偶尔一抬头，铁良看见李显贵家的房檐儿上趴了一溜猫，在暗夜中猫眼或明或暗地闪着光儿。铁良倒吸一口气，接着就是一股邪火腾地冲脑门子，心里骂道：

“我操你祖宗的，挤对人没边了，连你们丫挺都欺负我。”

抓起窗台上一把干豆角，哗啦往房顶上扔，猫们跑开了，太森还是不动，铁良往前走一步，想把它吓跑，没想到太森竟呜呜地叫起来，煞是瘆人。铁良泄了气，再往身下摸，已然是偃旗息鼓的架势。

文丽做好了饭等着孩子下学。

这个空当她想拾掇拾掇屋里，四下看看，十二平米的小屋干净整洁，没什么可收拾的，盆里的衣服刚泡上，等会才能洗。烧茄子的香味把屋子塞得满满的，美丽就喜欢吃烧茄子，只要有茄子，其他一切都可以忽略。文丽想去胡同口望望，可出门必然要走出屋，天井小得只有三四平米大小，住对门的王福寿是个老鳏夫，说话又倔又硬。

自从李森不再回家，文丽一个人带着美丽，碰上比如孩子发烧、冬天安烟筒什么的，需要个男人帮忙，可对门的王福寿就像个死人一样，压根儿什么都看不见。也难怪，王福寿从没有头疼脑热过，身子就像是铁打的。北京冬天再冷，也没见人家生过炉子，做饭只用个煤油炉，文丽奇怪他去哪淘换煤油。去年冬天，文丽只得自己安烟筒，虽然笨手笨脚，最终还是安上了，只要不倒烟、火旺，也算成功了。过了五一文丽才拆炉子，屋子是坐进去的，比胡同的路面低了半米，潮湿，烟筒虽是新的，两截烟筒还是锈蚀出几个大窟窿。

最后文丽还是出了天井来到胡同里，胡同的名字叫道弯，仔细数有大小八道弯，文丽和王福寿的院子在最狭窄的第四道弯上，只能并排走两个人，还不能是胖子。文丽出了院门往南走，走出道弯胡同，来到马大人胡同，胡同很宽，并排能开两辆汽车，文丽站在道弯胡同口往马大人胡同的西口张望，美丽应该从胡同的西口回来。没五分钟，文丽看见了美丽，虽看不清脸，单凭走路的姿态，或者干脆说，从感觉上觉出那就是自己的女儿。走近一点的时候，文丽看见美丽旁边竟然走着一个男孩。

文丽很惊讶，心想，这就是广播电视报纸上说的早恋啊。心也就惴惴地往下沉。等文丽睁大眼睛想看清那男孩的长相，突然，那男孩不见了。

美丽走到文丽身边，喊一声："妈——"

文丽的心马上软了，她接过女儿的书包，说声："真沉啊。"然后揽着女儿的肩往家走。

美丽洗了手坐在饭桌前拿起筷子就吃。文丽夹了一筷子烧茄子放到美丽的碗里，试探着问：

“那个男孩是谁啊？”

美丽像没听见一样，大口小口吃着。文丽把一口饭送到嘴里，嚼着，忍不住又问道：

“妈问你话呢，那男孩到底是谁啊？”

美丽把嘴里的饭菜咽干净了说道：“能是谁啊，除了同学还有谁，肯定不是比尔·盖茨。”美丽表面温柔，说话呛人。

文丽不甘心，非要弄个明白，再怎么着我也是你妈。这么想着，文丽把筷子放桌上，口气变硬了。

“我可告诉你，可不能早恋啊，你这么小岁数，不好好学习，就弄这个，回头把学习耽误了，看你怎么考大学找工作。”

美丽笑道：“妈您累不累，您就看见个人影儿，然后就能想那么多，您不当作家都屈才了。”

文丽也笑了，她又忙着给美丽夹了一筷子烧茄子。“妈这不是为你担心嘛，眼看要中考了，考不上个好高中，大学就没戏……”

美丽拦住话头：“您又来了，赶紧吃吧，菜都凉了。”

吃完晚饭，文丽一边拾掇碗筷，一边想着怎么探听美丽的隐私。她看见美丽已经在刚擦干净的饭桌上铺开了课本，心里一阵安慰，孩子知道读书，这比什么都强，书中自有黄金屋，文丽笃信这点，这是文丽父亲从小告诉她的，可她没能按照父亲的话去做，随性而为，从不为自己的前途费脑子。而现在，她把自己目前艰难的生活状况归于当年没听父亲的话，如果认真读书，然后考上大学，然后找到一份好工作……可有时她又把那套理论推翻。有一天她碰上一位初中的女同学，陶梦娜。她的变化让文丽大吃一惊，文丽都没法看清她身上都穿戴了些什么，反正时髦得一塌糊涂，最夺人眼球的是陶梦娜脚上的高跟鞋，是那种豹子纹儿的，跟儿特别高，记得原来陶梦娜跟自己差不多高矮，可现在文丽要使劲仰着头才能跟陶梦娜说话。她问陶梦娜是不是上了大学，问这话的时候，连文丽自己心里都发虚，陶梦娜在班里学习倒数第几名，果然，陶梦娜听文丽问这个，笑得前仰后合的。

“我能考上大学？你没发烧吧，我要是能上大学，太阳就打西边出来了。”

陶梦娜是聪明人，一下子就看出文丽心里想的。接着说：

“告诉你吧，我运气好，我老公会挣钱，你瞧，”说着自己打量了一下自己，“这一身都是名牌。”突然陶梦娜压低声音道：“女人最重要的是想办法笼络住男人的心，什么读书啊，上学啊，都不重要。瞧你，那时候在班里也是数一数二的美人，听说你跟李森结婚了？甭问，那一准是个混子，看你现在这精神状态，再瞧你穿的……”

陶梦娜脸上的神情大大刺激了文丽，文丽不记得以前有谁这么伤害过自己的自尊心。离开陶梦娜的时候，文丽还是没有弄清，女人究竟靠什么能够笼络住男人的心，如果靠长相，自己也不差，可就是没有碰上一个值得自己去笼络的男人，这就是命。文丽似乎明白了一点，可当她看到美丽的时候，就想起了父亲的那些话。她断定，读书是最靠谱的事，书读好了，肯定会有好前程。文丽不能让美丽的前程断送在早恋上。

美丽做功课的时候，文丽只能干坐着，她不能看电视，吃饭睡觉，什么都在这一间屋里，所以文丽习惯看着美丽的背影发愣。美丽的每一个动作、衣服的每一个褶皱，都是文丽感兴趣的。这时候美丽转过身冲文丽道：

“妈，您不会出去溜达溜达去，现在外头也不冷，干吗跟我这一块熬着。”

文丽神经质地站起来，她觉得可能自己碍了美丽的事了。但她不愿意像只流浪狗似的在街上闲逛。

自言自语道：

“我去天井里待会。”

美丽拦住了：“得，那您还是屋里待着吧，天井里怎么待啊。”

九点半左右，美丽做完了功课，伸了下懒腰。文丽赶紧端上一杯牛奶，喝完了牛奶，文丽让美丽陪她去厕所，顺便散散步。

上厕所需要拐三道弯才能到。文丽记得有一回拉肚子，没来得及，拉裤子里了。那时候刚结婚，李森站在文丽身后说：“回头我挣了钱给你买一套带厕所的房子。”现在李森不知道在哪，一个电话，甚至一个口信儿都没有，但那句话文丽记得清楚，文丽听了那话心里暖乎乎的，到现在都是。

文丽从厕所出来，问美丽不上一个。美丽摇头。娘儿俩往东边走，想绕着隆福寺街然后从马大人胡同回来。文丽说：

“美丽，你可别让妈失望啊，弄什么早恋，回头影响学习。”

美丽说：“您别瞎操心了，我那是气那个黑美丽呢，再说我也不喜欢那小白脸啊。”

文丽知道班上有个同名同姓的女孩，外号叫黑美丽，问究竟是怎么回事。美丽把黑美丽跟她抢梦梦的事说了，文丽听完，竟有一种欣慰的感觉，她想起了陶梦娜的话，关键是要能笼络住男人的心，这可是没人能教的，完全是自己琢磨出来的本事。文丽不禁停住脚步，用一种近乎陌生的眼光看着美丽。只见昏暗的路灯光下，女儿的脸上映着少女独有的光泽，头发上的光晕，随着她的步伐左右移动着。文丽轻轻喊了一声：美丽。女孩扭过脸，“嗯”了一声。文丽不知道说什么，想了想道：

“学习是第一位，小小年纪抢什么男朋友，赶紧跟那个梦梦断了，他爱跟谁好就跟谁好。”

美丽嘴上答应着，说：“知道，我心里有数的。”

娘儿俩回到家，对面王福寿家灯已经黑了，文丽还纳闷今天怎么睡这么早，听见身后有动静，回头一看王福寿站在娘俩身后等着进门。文丽也不打招呼，知道他不说话；各自回到各自的屋里，美丽对文丽说：“您想看电视就看啊，我不怕吵。”

说完拿了一本书歪在床边上看。文丽赶紧把床头灯开了，自己打开电视，尽量把声音调到最小，如果是有字幕的，干脆就弄成没声的。美丽把眼睛从书上边望着文丽说：

“妈，您不用这样，时间长了您就出毛病了。”

这天铁良去街道办事处，上楼就看见劳动科门口堵了好多人，一眼就看见文丽，穿了一件大红的中式外衣，袖子还滚了黑边，铁良招呼道：“嗬，真漂亮嘿，能当模特了。”

好几张脸都往铁良这边转，文丽知道说自己，用手挥一下，不让铁良拿她开心。然后龇着一口小白牙笑，问这两天干吗呢。铁良说：

"给老婆孩子做饭、压马路、逛景山、溜筒子河，就是那些事。"

铁良喜欢看文丽笑，这让他想起以前的文丽，他琢磨来琢磨去，文丽身上没有改变的就是那口牙齿了：细密而又白又结实。在灯光或者太阳光下，会像白色的宝石一样闪烁。

十分钟后，每个协管员都拿了一张表格，走出办事处的大门。今天的工作是挨家挨户登记景山地区的失业人员。

铁良看见前边走的人都两两地各自分好了小组，便对文丽说：

"咱哥俩就谁也别嫌弃谁了，一块搭个帮吧。"

文丽笑着用胳膊搡一下铁良说："谁跟你哥俩啊，指不定谁比谁大呢。"

铁良接道："那还有假啊，你是8月23，我是8月22，就差一天，我就是你哥。"

文丽惊道："呦，你记这么清楚，我都快把自己生日忘了。”

铁良又说：“行了，这以后过生日就不用你操心了，我过的时候，顺带手把你的也过了不就得了。”

文丽又龇着牙笑，说：“跟你在一块真乐呵，以前上学的时候怎么没发现你有这特长啊。”

铁良说：“那时候你跟青蛙似的，眼睛长在头顶上，哪能看得见我。”

文丽想了想说：“也是啊，只听说有个暗恋我的，有一天一个女生指着你让我看，你正跟另外一个男生爬电线杆子，简直像个猴子……”

俩人说着到了什锦花园胡同，进的第一个院子竟然也是一个中学同学的住家，外号叫老猫的。一打听，老猫已经搬走了，现在住着老猫的哥哥，失业的正是他。两人问他希望找什么样的工作。老猫哥哥想想说：

“反正别太累就行，我身体不好，血糖高，你们看着给找吧。”

铁良他们临出院子的时候，老猫哥哥在后边喊："交通协管员我可不去，风吹日晒的，受不了。"

到了胡同里，文丽跟铁良说："我看他饿得还是太轻。"又说："看见他们家窗台上晾的耐克鞋了吗？都下岗了，还穿耐克啊。"

铁良说："没准人家是下岗之前买的呢，别把人想那么坏。"

两人正在那掰扯，一辆奥迪停在跟前。车窗优雅地摇下来，一个胖胖的男人露出一个脑袋，其中一个门牙缺了一块，铁良和文丽一起叫道："老猫——"

还是中学时候懒洋洋的声音，问哥俩在这干吗呢。

铁良说："甭装孙子，你丫赶紧下来。"

老猫这才推开车门，把肥胖的身子挪下来。后边有人摁喇叭，老猫只得又上车找个不碍事的地方，停踏实了。

铁良说:“你连奥迪都混上了，你哥还吃低保呢。”

老猫说:“那没辙，天底下的事，有时候就这么邪性，我也想跟我哥匀乎匀乎。”

文丽说:“那你就给他钱，让他过得好点。”

老猫说:“那还用说，孩子的一切费用都是我扛着。”

三人站在那咸的淡的扯了一顿，铁良说:“得，我们还得干活呢，我们比你哥强不了多少。”

文丽和铁良在几条胡同里转来转去，整一个上午，两人一口茶水都没处喝去。铁良提议去文丽家喝口茶。文丽摇头说:“别价了，不方便。”

铁良也不便问，最后铁良进了一个院子，让文丽跟着他。进了院子铁良喊:“老巴子，老巴子在家吗，弄壶茶喝。”

话音一落，西屋的门开了，出来个男人，左边脸上那道两寸长的疤引人注目。老巴子见是铁良，笑道:“喝茶想起我了。”看见文丽“呦”了一声:“还有位大姐，请。”

铁良和文丽坐在堂屋的八仙桌旁边，老巴子去泡茶，文丽四下打量，房子虽旧，可重新装修过，四白落地，门窗也是新粉刷过的，屋子里飘着没散尽的油漆味。一旁铁良道：

“原来一起在廊坊待过的。”

这时候老巴子右手擎着一个白瓷茶壶，左手的三手指头上挂着三个茶碗走进屋，一股花茶的香味涌进来，铁良啧一声：“还是花茶香。”

喝着茶，铁良问老巴子最近忙什么生意。老巴子说：“我还是弄本行呗，给人家修修补补的。”

正说着，老巴子的手机响了。老巴子去院子里打电话，铁良指着老巴子对文丽说：“这人的泥瓦匠活可是这京城里数得着的，他手底下有几个兄弟，在北京城里转悠着吃这手艺。”

老巴子进来对铁良说：“北京饭店那边叫呢，有点活儿，你们二位自个儿喝吧，喝完给我带上门就成，屋里什么都没有，不怕偷。”

老巴子到了院子里，对铁良喊道：“兄弟你可悠着点，别玩大了。”

文丽不懂什么意思，问铁良，铁良说没事，他打哈哈呢。

文丽看着老巴子出了院门，对铁良说：“这人怎么这么神啊。”

铁良说：“没事，在外边混过的就这样，什么都看轻了。”两人说着话，喝着茶，不知不觉快十二点了。铁良跳起来说：“哎呦，咱得紧着点了，还有好几户呢。”

俩人先去办事处吃中饭。二楼的食堂里挤满了人，铁良对文丽说：“你甭进去了，省得挨挤，我拿出来咱去院子里吃。”

文丽听了，心里暖暖的，扭身下楼到了院里等着。院子里已经有不少人，有的正吃着，有的吃完了聊天，有的抽烟解乏。也有文丽看着脸熟的，点头算打招呼了。一会，铁良拿了两个饭盒走过来，一个递给文丽，打开一看是米饭，旁边的格子里一个是肉片炒扁豆，一个是西红柿炒鸡蛋。文丽说：

“呦，我鸡蛋过敏。”

铁良忙说对不起，不知道，不吃什么早跟他说。然后赶紧把文丽饭盒里的鸡蛋一点点挑出来，放自己饭盒里；再把自己的肉片往文丽的饭盒里拣。旁边有人笑话他们：

“瞧瞧，两口子也没这么亲的。”

铁良心里忽悠一下，看文丽，不知道是因为天热还是怎么的，脸红红的，听文丽说：“别都给我啊，你自己留着吃吧。”

铁良看了看刚才说话的那人，那是住三眼井胡同的一个叫建东的，外号老淫，专门喜欢男女之事，谁跟哪个女的好了，谁跟一个男人跑了。这时候建东正跟一个办事处管计划生育的女的说笑，肯定还是那些事，逗得那女的脸红得像块红布。

下午铁良和文丽又跑了三家，有一家住汪芝麻胡同的姓胡的，两口子都下岗了，有个上初中的孩子，都吃着低保，男的还有病，说话的时候不停地咳，文丽一个劲往后躲。从那家里出来，文丽赶紧走到一个角落里使劲吐痰，铁良问干吗啊。文丽说不想让病菌停在嗓子处。铁良笑道：

“病菌早跑你肺里了，你以为它还等着你往外请它啊。”

文丽就拿拳头捶铁良的后背。

看看表，已经四点半了。铁良说：“今天就到这了，明儿见，赶紧回去做饭吧。”

期中的时候，学校打算开一次家长会，美丽把家长信拿回来递给秀珍，秀珍说：“这次让你爸去一回吧，每次都是我去，也让他受受那刺激，别以为养孩子那么容易。”

铁良笑道：“我可从来没说养孩子容易，没开过家长会是因为我记不住老师说的话，再说我一直在外头干活，哪有机会表现。”

秀珍说：“行，这次就让你好好表现一下，再拿个本，拿支笔，把老师说的全记下来。”

说着让美丽去给铁良找笔和本。

一说开家长会，文丽就紧张，她担心的事情太多，担心美丽的成绩下滑，她总能从报纸上找到单亲家庭对教育孩子的种种不利，实际上美丽还不如其他单亲家庭，那些正式离婚的家庭，孩子起码能得到另一方亲人的定期探望，而美丽的父亲完全不知去向，人间蒸发了一般。自从那次见美丽跟那男孩在一起，文丽就做噩梦，梦见美丽跟那男孩在网吧里打游戏、刷夜；要不就卡拉 OK、夜店，总之就是担心美丽不学好，耽误了学习，将来考不上大学，没有好工作，嫁不到好人家，像自己一样受苦。所以文丽最早来到校门口等候开会。

学校一开家长会，老师就让学生早回家，只留下几个执勤的学生招呼家长。文丽站在马路边上等着，她给美丽留了二十块钱，让她去东四拐角那个肯德基店去买份套餐，那对美丽来说无异于过年了。她想象着美丽喝可乐时候享受的样子，美丽最喜欢可乐。她没给自己的晚饭打算，或者回去路过隆福寺街的时候，顺便买个火烧，凑合一顿拉倒。

陆续有家长来了，开着车，他们左顾右盼，找能停车的地方。文丽站在一棵树下，看着那些找地方停车人的表情，文丽叫不出车的名字，只觉得大车就是好车，小的自然就是不好的。那些开大车的家长，表情都很冷漠，那些开小车的家长显得有些急躁。离开会还有半个小时，文丽打算进学校，快到校门的时候，听见身后有人喊她的名字，回头，竟是铁良。

文丽问铁良是不是也来开家长会的，孩子在哪个班。铁良说在初二一班。文丽吃惊道：

“呀，我孩子也在初二一班，那你孩子叫什么？”

铁良说叫李美丽。文丽瞪着眼，半天道："原来黑美丽就是你女儿。"

铁良也反应过来道："那你就是白美丽的妈。"

说完俩人愣了愣，然后笑起来。

白美丽和黑美丽的桌子，一个在教室的西南角，一个在东南角，处处都是对着的，就像她们的黑和白。而当铁良坐在美丽的座位上看着另一头的文丽，这让他想起中学时候，文丽和他的座位也是这样遥遥相对，这真是命运啊。自己的女儿看着文丽的女儿，恐怕只有嫉妒和气恼。铁良隐约感觉到，文丽的女儿一定比美丽漂亮，否则美丽不会一说起她就一脑门子官司。

这时候班主任来了，是个二十七八岁的女老师，姓侯，也是班上的数学老师。先是挨个点学生的名，家长答应，没到的，侯老师记下来。然后开始做一般性的总结，重点说中考的事，虽然离现在还有一年的时间，但从眼下就开始抓起，尤其是那些想报考市重点的同学，家长现在就要做准备，该请家教请家教，有路子的提早找，没路子的督促学生好好复习，争取考出最好成绩。接着侯老师开始说现在学生当中存在的问题，一是零食，吃得太凶，街边的零食不安全，有色素，尤其是学校门口那个小卖铺的，问题很大。

下边就有家长不满意了，说：“那学校是干吗吃的，怎么不取缔它。”

有家长接着说：“恐怕学校也没那个权力吧。”

“没权力总可以去工商局反映情况啊，东城工商局我认识人，我可以去说。”

下边就乱糟糟地议论起来。侯老师尖着嗓子制止，最后不得不用对学生的办法，拿着教鞭使劲敲打黑板，家长才安静下来。

接着侯老师就说到学生当中的早恋问题。底下家长顿时安静下来，都屏住呼吸，仿佛谁的孩子发生了这种事情，就很丢人似的。

"……特别是两个李美丽的家长要注意了。"

铁良的心收紧了，脸发热；他想：文丽恐怕跟他感觉是一样的。但家长们并不知道谁是两位李美丽的家长，也就没人朝他们看，而是开始互相议论明年中考的事。侯老师说：

"一会散会后，请两位李美丽的家长来我办公室一趟。"

然后就是各科的老师讲述各科存在的问题，提请家长注意。在英语和数学还有语文的科目里，老师都是多次表扬两个李美丽，每次都是说到第二个李美丽的时候，解释道：

"这个李美丽是另外一个。"

数学老师干脆对文丽和铁良说："你们二位家长不论谁给孩子改下名字，要不真是麻烦。"

散会后，文丽和铁良前后脚来到三楼侯老师办公室，侯老师正在判作业。见文丽和铁良进了门，赶紧站起来热情地让座。见文丽和铁良神情都很凝重，就劝道：

“没那么严重，只是在同学中间造成了一些不好的影响，而且两人的学习都挺不错，回去说说她们，都跟那个梦梦较什么劲啊。”

说完交给文丽和铁良两张表格，一看，是学校推荐她们参加北京市英语大赛的。侯老师说：

“让她们好好准备，前三名中考还加分呢。”

侯老师把文丽拉到一旁低声道：“你家的美丽太有心计了，最终什么都是她得胜，属于后发制人型。我看她并不是真的喜欢那个梦梦，只是满足她的征服欲而已。这孩子以后教育得当，会有大出息，否则会出大事。”

文丽吓得眨巴着眼，不知道说什么好。侯老师看文丽发呆，知道她可能误会了自己的意思，刚想进行解释，见几个家长站在门口，似乎想跟她聊一聊，就对文丽说：

“回去别太多责骂。”转头对铁良说：“您也一样，对孩子要以诱导为主，打骂是不可取的。”

见侯老师跟几个家长聊起来，文丽和铁良不得不离开办公室。

两人心事重重地走出校门，文丽心里尤其沉重，一个劲叹气。铁良安慰文丽道：

“甭听老师吓唬人，就算她们早恋，可也没影响学习啊，两人都挺好的，你那个美丽在班上排到前五名，重点中学的重点班的前五名啊，考个北大清华的还不是玩儿似的。”

文丽打断铁良道：“现在不影响，不等于以后没影响啊，万一到了高中影响了呢。”

铁良说：“那咱们就提醒她们，告诉她们早恋的害处不就得了。”

文丽道：“说得轻巧，她们倒是听啊。”

这时候从树后头蹿出个人来，一看是铁良家的美丽。她挎着铁良的胳膊，撒娇道：“老师是不是说我坏话了。”

这边话音还没落，又一个蹿出来，搂住文丽的肩膀说：“妈，别信老师的话啊，我学得挺好的，成绩您也看到了。”

黑美丽拽着铁良朝另外的方向走，白美丽也不愿意跟他们靠得太近。两个大人却还有要说的话，生让两个孩子分开，只得各走各的。

回到家，美丽噘着嘴埋怨铁良：“你竟然跟白美丽她妈关系那么铁，我在后边喊你多少遍你就是听不见。”

秀珍问：“你认识白美丽她妈？怎么没听你说过。”

铁良说：“嗨，我也是头一回知道她就是白美丽妈。”

秀珍追问：“那你是先认识的妈，对吧？”

铁良点头说：“对啊。”想想不对劲，又否认道：“不对，她就是我一个中学同学，一直没联系，这回去办事处领工作，一下碰上了……”

秀珍说：“后来呢？”

铁良眨巴着眼说：“没后来啊，在一块干活呗，就是同事呗。”

秀珍冷笑道：“什么同事啊，孩子在后头喊都听不见，可见你们说得有多热闹。”

铁良争辩：“说得热闹也是说美丽她们学习的事啊，又没说别的。”

秀珍跟道：“那你还想说什么啊，还想叙旧是怎么着？是不是‘同桌的你’啊。”

美丽一旁笑道：“嗬，妈你还挺时髦的，说话都用流行歌曲串，比我们老师强多了，我们老师都不知道梅艳芳是谁，他还以为是梅兰芳呢，土吧。”

铁良说：“不知道梅艳芳就土啊，人家有学问啊。”

美丽反驳：“有学问别在这教书啊，去科学院猫研究室去，要是那样，他就是不知道他妈是谁都没关系，起码能为国家做大贡献啊。”

铁良说：“他教你们就不叫贡献了啊。”

“没说不是贡献，可我们不喜欢这样的老师教，教出来肯定是傻子。”

铁良成心逗美丽：“我看我闺女也没成傻子啊，不也是他教的。”

美丽笑道：“因为我根本就不听他的课，他上课我就睡觉，所以才幸免于难。”

逗得秀珍和铁良一起笑了。

等美丽睡了，秀珍坐在床沿上不动，铁良知道她那是在怄气，成心说东道西，秀珍脾气上来可是九头牛也难往回拽的，压低声让铁良说清楚。铁良赔着笑脸道：

“不是都说清楚了嘛，你要是想听，咱明儿再说。”

秀珍眼珠子瞪得像牛铃似的，半天都不眨巴一下。铁良心里清楚，她是真往心里去了，怕她闷着睡觉不好，就挨着她坐下，拿起秀珍的一只手，铁良心里一惊，“这哪是女人的手啊，硬得像棒槌似的”，这一惊，把想说的话忘了，愣了一会，铁良揽着秀珍的肩膀说：

“甭胡思乱想的，能有什么事啊，咱美丽有出息，这你放心。”

秀珍叹口气，把脚往后一缩，一歪身子躺下了。

铁良赶紧凑合洗洗脸洗洗脚，先拉灭了灯，然后摸着黑上床躺下。看着外边的月亮明晃晃地照在李显贵家的房顶上，想起该去顺义看丈母娘了，明天提醒秀珍。恰在这时，铁良感觉到秀珍的一只手伸过来了，往他身上摩挲。铁良当然知道秀珍什么意思，要在平常，铁良巴不得的，可今天忙活一晚上，尤其秀珍喝了文丽的干醋，男人最怕这个，女人一闹腾，就算仙女摆在眼前，也没兴致。

铁良不好意思拒绝秀珍，可真是心有余而力不足，用手弄了几回，都是软塌塌，提不起精神。可秀珍又催得紧，只得照实了说：

“真对不住，今儿累了，明儿吧……”

秀珍立马把后背给了铁良，心里盘算男人不跟老婆做，一准儿有别的女人，一定是那个“同桌的你”。这么胡乱琢磨了一夜，第二天秀珍两个眼圈就黑了。美丽从阁楼上跳下来，看着妈的两个黑眼圈笑道：

“嘿，咱们家有国宝了。”

铁良说：“赶紧吃饭，吃完饭麻利儿走。”

这天晚上，文丽照旧坐在一旁看着美丽做作业。她琢磨着，那个黑美丽竟然是铁良的女儿，怎么这么巧呢，总听老人说什么：无巧不成书。事巧得连那些编故事的人都编不出来。想着，嘴里就啧啧地叹了两声。美丽扭头问：

“您一个人那琢磨什么呢，是不是又是黑美丽？”

文丽扑哧笑了，说道：“这事真有点邪性，你说我跟你铁良叔叔是同学，你又跟他女儿是同学，而且名字都一样，哪有这么巧的。”

美丽不屑道：“这有什么稀奇，我们班里同学父母之间是同学的多了，大惊小怪。”

文丽不敢多说，怕影响孩子学习。可她转而又想起老师说的早恋的事，忍不住又说道：

“不过你们老师可说了，早恋会影响升学啊。”

美丽把手里的笔放在桌子上，对文丽说：

“老师的话您也信？她那是糊弄你们这些糊涂家长呢，再说了，什么叫早恋啊，她怎么知道我们这是恋的？我说我们这是纯洁的友情呢，只不过你们大人相信大人，从不把小孩的话当回事，所以我们也不会看重你们大人的事。”

文丽愣了半晌，心里绕了好几圈，也没琢磨出个子丑寅卯。索性出了门，站在房檐底下发呆。

文丽透过脏兮兮的玻璃，看见王福寿在对面屋里脱光了膀子擦身子。统共就两米远，玻璃虽然脏，可文丽还是看清了王福寿松弛的肌肉。她不知道王福寿到底多大了，反正自打跟李森结婚住进来，王福寿就这样，美丽都十好几岁了，王福寿似乎没变化。文丽两眼发直看着屋里赤膊的王福寿，王福寿当然也看见了文丽，两三平米大小的天井，人站在天井里，跟站屋里没什么区别。王福寿嚷道：

“再看花钱啊。”

文丽脸上一阵热，赶紧出了院门。绕着胡同转悠了一圈，心里惦记着美丽，怕她渴了要喝水，而家里的暖水壶底部已经锈蚀，她想象着美丽提溜起水壶的一霎那，水壶会漏，滚烫的水洒在美丽的脚上……文丽赶紧往回走，快走到院门的时候见王福寿站在门口，悠闲地仰头看着天。文丽放下心来，慢慢走近王福寿，她停在王福寿的面前，等着他让开地方。没想到王福寿突然对文丽说：

“你家烟筒不能总放天井里，赶紧拾掇好了，找地方挂起来。”

说的时候，还用头朝胡同里指了指。文丽看见胡同里的墙上已经有不少挂起来的烟筒了。文丽点点头，王福寿这才让开让文丽进了院子。

临上床的时候，美丽问文丽："对门跟你说什么？"

文丽想了想说："哦，他说烟筒的事，让抽空挂起来。"停了停又补充道："他也是好意，挂晚了，一着雨，烟筒全得锈。"

再见着文丽的时候，铁良就觉着比前不一样，一个是跟美丽抢男朋友的女孩竟是文丽的女儿；第二就是那天晚上秀珍吃了文丽的干醋，这就越发让铁良对文丽存着另一番情感。这当然不是社会上流行的那种叫作婚外情的东西，铁良一向认为那些人都是吃饱了没事干，才弄出个什么婚外情来逗闷子，要不就是钱太多，烧的。铁良不是那种无聊的人。

今天是统计地区到底有多少暂住人口。铁良还是跟文丽一组。见文丽一句话不说，腾腾往前走，铁良在后头琢磨：莫非她听见什么了？铁良跟上文丽问：

“嗨，我说怎么回事，不理人了？”

文丽停下来说：“没有，就是心里琢磨事呢，所以没顾上你。”

“什么事，跟哥说说。”铁良逗她。

文丽皱着眉头说：“也没什么，就是烟筒还堆在地上，应该找个地方挂起来，可……”

铁良说：“我以为天塌了呢，下午收了工我帮你。”

两人忙得连中午饭都没回办事处吃，在魏家胡同口的小饭馆里花二十块钱，要了一个鱼香肉丝，一个清炒油麦菜，一人一碗米饭，香得嘴里直冒油。文丽说：

“要是那六块钱盒饭钱能退给咱们就好了，咱在这吃比那强多了。”

铁良说：“回头问问，要是不在那吃能退钱，咱就不在那吃了。”

两人吃得连一根菜毛都没剩，结账的时候文丽还跟铁良抢，让铁良攥着手，文丽动不了。铁良结了账，俩人出了饭馆，正看见办事处几个城管的晃晃悠悠从北边过来，其中一个铁良认识，打招呼：

“又忙着干坏事呢。”

前一阵城管的见了无照商贩就抄，一车一车的水果弄到办事处，职工就拿塑料袋往家装。小商贩们对城管是又怕又恨。

那人回道：“这叫维护首都市面整洁，你知道什么。”

那人上下打量文丽，然后问铁良：“这是你傍家儿？”

铁良朝那人腿上踹一下：“说什么呢，你丫才有傍家儿呢。”

俩人又绕着几条胡同忙活了一阵子，这才往文丽家走。

到了门口，铁良说：“你们家就住这啊，以前上学的时候，来过李森家。”

文丽说：“后来他妈死了，他姐姐搬走了。”

铁良问:“那你娘家妈住哪?”

文丽说:“拆迁到通州那边,去一趟都难。”

两人进了院门,铁良和文丽往天井里一站,几乎就没转身的地方了。铁良说:

“瞧这点地儿。”又问对门谁住呢。

文丽赶紧冲铁良摆手,不让他大声说。这工夫王福寿从屋里出来,手里拿着一个编织袋,就像院子里没人似的,锁了自己的门,走了。

铁良说:“这人真够怪的。”

文丽说:“你也不看这什么地方,地方就怪,人能不怪嘛。”

铁良笑道:“看不出来,你还真有见识。”

铁良看了看堆在天井里的那几节烟筒,对文丽说:

“你拆下来就该麻利儿挂起来,瞧,七节烟筒锈了一半,明年还得买新的。”

文丽说:“哪年不买新的啊,现在的烟筒哪像以前，能用几年，现在用一年就差不多了，要不他哪赚钱去。”

铁良把那几节烂烟筒踩瘪了，放一边，然后把好烟筒竖起来，磕打里边的烟灰。一边磕打一边说：

“其实应该弄盆碱水刷，得，凑合吧。”

然后拿铁丝捆好了，外边又用塑料布包裹严实，拎到胡同里找地方挂，上面的钉子都是现成的。

文丽道：“以前都是李森的活，他这一失踪，我一个人也弄不了。”

铁良说：“放心吧，他迟早回来。”

文丽说：“是啊，我这不还占着他房子嘛，回来准没好事，不是给你领回个女人来，就是成了要饭的，你瞧着吧，准的。”

铁良笑道：“别那么悲观啊，没准给你背回一座金山呢。”

文丽说：“我没那命。”

铁良说：“瞧瞧，自己先怂了，有好运气也让你吓跑。”

铁良帮文丽干完活，急忙往家赶，到家一看，门还锁着，这才松口气，对面的李显贵正喂太森，铁良瞄了一眼，见是几大块鲜红的瘦肉，怎么也有二三两，就啧啧嘴道：

“你就作孽吧，这么好的肉，给它吃，你小子，六〇年饿得你轻。”

李显贵不以为然：“我喜欢它不行啊，我倒想喂孩子呢，可他回来吗？”

铁良知道说孩子的事李显贵心里就堵，赶紧开门进了屋，听见李显贵在后边撂话：

“还是你好啊，养闺女，比儿子强多了。”

正说着，美丽拉开门跳进屋里，吓铁良一跳。

铁良问怎么回来这么早。美丽说：

“今天体检了。”把书包往床上一扔，跑到铁良身后，抱住铁良的腰撒娇：“爸，你别做饭了，咱出去吃吧。”

铁良说：“出去吃得你妈说了算，不知道你爸经济地位低下啊。”

美丽说：“我给妈打电话。”

说完给秀珍打了电话，然后爷俩就等着秀珍下班。

美丽说：“爸，您说邪不邪，我跟那白美丽身高体重都一模一样，您说怪吧。”

铁良借机说：“那你就让着她点，你不是比她大两个月嘛。”

美丽说：“我就知道你向着她，谁见了她都向着她，她长了一副可人疼的模样。”

铁良说：“不光是这个，她妈跟爸是同学不说，她爸现在没音信，娘俩就凭着她妈那几百块钱过日子，你说该不该让着她。”

听爸这么说，美丽不吭声了，末了美丽道：

“行，我才懒得跟她计较，其实我已经不恨她抢占梦梦了，再说我也不喜欢梦梦了，他太公子哥儿。”

铁良说：“不光是不跟她抢朋友，学习上还要互相帮助，另外有什么好吃的，也想着点她，啊。”

美丽说：“知道了。”

三口去景山东街一家小饭馆吃的烤鸭，秀珍不喜欢烤鸭，可美丽喜欢，铁良永远是绝对服从娘俩，吃什么都行。

等烤鸭的工夫，秀珍说：“你不来个小二？”

铁良赶紧喊伙计：“来个小二锅头，加个拍黄瓜。”

铁良心里正琢磨秀珍今儿怎么主动让喝酒，听秀珍说：

“今儿我升副科长了。”

“呦，这可是喜事，”铁良招呼道，“美丽，赶紧给你妈庆祝。”

美丽举起手里的可乐说：“祝妈步步高升，事事如意。”

秀珍道：“瞧这丫头的嘴。”

美丽很懂事，回到家赶忙做完作业，洗洗就睡下了。秀珍自己弄了一盆水洗了身子，铁良知道今儿是“特赦”了。其实前后也就十分钟，毕竟地方太小，怕弄出响动来让美丽听见不好。然后两人躺着说话。秀珍话里话外透着高兴，铁良心想：这女人官瘾敢情也这么大。压根没提文丽的事。想必觉得自己一个副科长，还能跟一个吃低保的女人争风吃醋，那不是太跌身份了。

秀珍不跟铁良闹腾，铁良乐得清静，除了办事处那点小小不言的差事，就是买菜做饭，容易。

这天一早到办事处，好些人都挤在一处，铁良一打听，原来是办事处 7 月份去北戴河休假，作为一种福利，谁想去谁去，去的人就没奖金了。奖金就那么几百块钱，所以几乎都报名去。铁良看见了人群里的文丽，文丽满脸通红，正跟一个女的聊得起劲。她突然感觉到什么，然后四处寻找，很容易就找到了躲在一旁的铁良。文丽大声招呼道：

“铁良，铁良，快来报名啊，去北戴河。”

铁良点点头，身子却没动。文丽接着跟那女的聊，热火朝天的。

铁良走出屋子，来到院子里，从兜里掏出一包中南海烟，铁良快一年没抽烟了。

他点上一支烟，等着报名完了好问问今天干什么活。恰好劳动科刘科长从大街走进来，手里拿了一摞表格，进门就四处踅摸人，看见铁良便招呼道：

“你是协管员吧。”

铁良赶紧迎上去问有什么吩咐。刘科长把那摞表格往铁良的怀里一塞说：“你去跟着人口普查组，三天，人口普查。”

铁良问能不能再加个人，也是协管员。刘科长挥手说：

“随便随便，去吧，找王组长去。”

铁良转身回到楼里找文丽，文丽迎面下楼，铁良让她跟他走。两人找到王组长，王组长对铁良说：

“好像见过，在哪来着？”

“景山，那亭子里。”

王组长恍然大悟，然后指着文丽对铁良说：“你们俩去北新桥那边查，中午吃饭开票，回头报销。”

出了办事处，文丽说：“就今儿没骑车，就今儿用。”

铁良找到自己的自行车，拍着后座，让文丽坐上去。“坐二等吧，别嫌不舒服啊。”

文丽坐在后头问铁良干吗不报名去北戴河。

铁良想了想说：“走不开，家里事多。”

文丽突然想起自己家的事，一拍脑门：“瞧，我尽想着去北戴河了，把美丽忘了，我不在她都没地方吃饭去。”

铁良笑道：“瞧你这妈当的。”接着又说：“你要想去就去吧，美丽的事包在我身上。”

文丽撇嘴道：“你那还有个美丽呢，再说两人在班里不对付，我可不想让我们美丽受委屈。”

铁良说：“你也太小瞧人了，我是那种不仗义的人吗。”

正赶上十条十字路口的红灯，铁良一脚踏地，扭着头跟文丽说：“你去吧，甭担心了，我说的真心话。”

到了十四条口上，碰上熟人了，铁良支上车子，跟人说话。文丽说去前边委托行看看。铁良说完话推着车到委托行门口，看见蹬板车的六爷正在那跟人摆活，看见铁良“呦呵”一声：“这不是我大侄子嘛。”

铁良说：“谁是你大侄子，辈分差了啊。”

文丽从委托行出来，问铁良到底今天还干不干活了，一个劲聊。铁良说：“得，六爷，您先忙着，回头聊。”

听见六爷在后头喊：“我这侄媳妇儿怎么这么倔啊。”

铁良不去北戴河还有一个理由，就是不想跟文丽一起去，他担心秀珍知道会多心，铁良不想让身边的人因为自己有一丝的不快活。有时候他很羡慕那些有钱人，羡慕他们想给自己的亲人买什么都不用过脑子，只一个字：买。有时候人表达感情的确是需要用实物来代替的，嘴上说得再好听，也没有一件珍贵的礼物来得实惠。他知道，情感虽说不能用钱来定价，但有钱总比没钱过得踏实。

铁良没钱，但日子过得并不慌张，一个理由是秀珍有一份稳定的工作，还有自己毕竟会干活，大不了再出去；但他是个随遇而安的人，活到四十多岁，道理都活明白了，钱财是身外之物，这对于铁良来说不仅是一句话，而是他真实的生活境况。他喜欢让他周围的女人都高兴，他知道其实女人的高兴与否，跟钱的多少没太大关系，比如秀珍，她高兴让铁良在家，她一下班就能看见他，她觉得踏实，觉得满足。她隔三岔五听说谁谁的老公挣了钱，找个小妖精跑了。铁良干脆就遂了她的心愿。铁良最终说服了文丽去北戴河，把照顾美丽的事揽在自己身上。

“谁让她也叫美丽呢，大不了是我失散多年的另一个女儿。”

铁良跟文丽开玩笑。其实文丽心里很踏实，文丽是个天生不懂得担忧的女人，天生的乐天派，这不是学能学来的，这是一种秉性，与生俱来。当她来到空气清新、景色宜人的北戴河，看着海边的落日，呼吸着潮湿的空气，她早把生活里的一切艰辛和烦恼忘到九霄云外了。

而铁良这边虽然跑东跑西，却也把两头安排得井井有条。他首先用一个月工资的一半三百块钱，给自己家的美丽买了一个MP3，一边交给美丽，一边说，爸以后一准给你买个好的。美丽说，这已经很好了。铁良接着给美丽提要求，让她帮自己一个忙。美丽觉得爸神秘兮兮的，激起了强烈的好奇心。

绕了半天弯子，美丽这才知道爸让自己当他的跑腿的。

美丽噘着嘴说：“您帮您的初恋情人，还搭上我啊，回头我妈知道了，连我都跟着吃瓜落儿。”

铁良哄美丽道：“你看，爸可是拿你当贴心小棉袄，指望你能帮我，原来你是见死不救。”

美丽心软，听爸这么说，半天不言语。铁良知道美丽心里已经答应了，道：“还是我闺女心疼我。”

晚上做饭的时候，铁良故意比平时早，做完了先用两个饭盒装了，一盒饭，一盒菜，只多不少。等秀珍下班，铁良张罗吃饭，吃完了，铁良就把一杯茶端到秀珍面前，秀珍坐在床沿上把俩脚一伸，铁良忙把鞋给脱下来，换上拖鞋。铁良又赶紧收拾桌子，洗碗。这时铁良冲美丽使个眼色，美丽点头，大声说：

“妈，我去同学家问道题啊。”

说完，拿起铁良早准备好的装饭盒的塑料袋，一溜烟出了家门，自行车就停在院门口，没锁，美丽不得不佩服爸安排得周详。

不到十分钟，到了白美丽家。看看门牌号，没错，道弯胡同8号。敲门，一个男的开了，她问李美丽是不是住这，男的点头，让美丽进去了。没等美丽反应过来，男的已经进了自己的屋。白美丽一看，惊得“呦”了一声。

“你干吗来了？”

白美丽并不友好。美丽不在乎，说：“我爸让我给你送饭。”

白美丽想想说：“我妈说来着，那就放桌上吧。”

黑美丽把饭放桌上，并没走的意思，白美丽说：“你作业做完了？”

美丽摇头，白美丽说：“那你还不麻利儿回去做作业。”

美丽讨个没趣儿，只得走了，出门的时候，听白美丽后头说：“明天别送了，我自己出去吃点得了，谢谢你爸啊。”

美丽回到家，气哼哼地跟铁良把事学了一遍，铁良哄道：“别往心里去，她没爸疼，所以脾气古怪，不像你。”

晚上遛弯的时候，铁良成心绕到道弯胡同，碰巧美丽出来上厕所，等美丽出来上完厕所，铁良说：

“你一个人不害怕吧。”

美丽摇头，铁良又问：“明早醒得来吗，有闹钟吗？”

美丽点头说有。总之是问一句答一句，想多听一句都没有，铁良心说：这孩子可够各色的。只得嘱咐几句，然后告辞。

第二天，铁良照旧让美丽给白美丽送饭，美丽噘嘴道：

“她一点都不友好，送也白送。”

铁良劝道：“你就给人家送顿饭，然后人家就得给你又赔笑脸，又作揖？咱做人得厚道点。”

美丽不言声了，吃完晚饭又去给白美丽送饭。白美丽似乎刚要出门，见美丽又来了，便道：

“不是让你别送了，你怎么又来了。”

美丽很生气，说：“你真不识好歹，给你送饭又不是害你，连声谢都没有。”

说完，把塑料袋往桌上一扔就走了。

回到家对着爸的耳朵说：“我再也不会给她送饭了。”

铁良说：“明儿她妈就回来了，也不用再送了。”

没想到第二天美丽一到学校，白美丽竟主动跑到美丽跟前打招呼，问昨晚那道题做出来没有。美丽心里便一阵惭愧，后悔不应该在爸那说白美丽的坏话，赶紧从书包里掏出数学作业本，跟白美丽对答案。

文丽从北戴河回来就发烧了，一连好几天高烧不退，吓得白美丽没主意了，跑学校把消息告诉美丽。美丽下午都没顾得上自习课，蹬着自行车回家告诉爸。

铁良二话没说，蹬了自行车就往文丽家赶。推开门，见白美丽站在床头急得抹眼泪，文丽躺在床上，脸烧得通红。铁良上前摸了摸额头，好烫。问去医院了没。文丽摇头。铁良急了，把文丽从床上扶起来，也顾不得别的了，替文丽穿了衣服，文丽下床的时候，腿上一点劲都没有，铁良也不顾及什么了，一猫腰，背起文丽就走，看见对面的王福寿隔着玻璃看。铁良背着文丽出门，嘱咐美丽把门锁好。

到了隆福医院，二话没说就住院了，铁良从家走得匆忙身上只有一点买菜的钱，现跑对面办事处，好在有值班的，看谁带着钱，先借了。回到医院办了住院手续，看着挂上吊瓶，一切都安顿好了，嘱咐美丽：

“你先看着你妈，我吃完饭就回来换你。”

铁良回到家，秀珍已经回来了，坐在床沿上看电视，美丽在做作业。见铁良进来，美丽赶紧张大眼睛，表情上想知道情况。铁良不理会美丽，先跟秀珍道歉：

“瞧，刚说下班呢，有个同事住院，忙不过来，帮着张罗张罗。”说完赶紧择菜做饭。

秀珍不紧不慢道：“不会是那个‘同桌的你’吧。”

铁良道：“不是，是个男同事，媳妇儿不在家，孩子小，所以我就去了。”

一旁美丽心里一惊，心想：爸说谎可真镇静啊，像地下党似的。

秀珍相信铁良的话，因为铁良从不跟她撒谎，至少她认为铁良不跟她撒谎。其实是秀珍不想往撒谎那边想自己的老公，话说回来，哪个男人不撒谎呢，不撒谎还叫男人啊。秀珍心里明镜儿一般，但铁良真诚的态度让秀珍无法感觉到他在撒谎。

“哦，那吃完饭你再回去瞅瞅，看需要什么，孩子那么小，别吓着孩子。”

秀珍说完，还问铁良听见没。铁良一准知道秀珍会这么说。

铁良心里有事，菜炒得欠了火候，秀珍和美丽都吃得挺香。吃完饭，铁良还是忙着拾掇家伙、刷碗，他不让秀珍和美丽插手。临出门的时候，美丽跟着出来了，看见李显贵家的太森正蹲在地上吃食儿，美丽说：

“赶紧躲开啊，没眼力价儿，就知道吃。”

铁良说：“你跟它较什么劲，回去写作业去。”

美丽扯着铁良的胳膊，要跟着去医院，铁良不让，怕耽误她学习。美丽说：

“你要是不让我去，我就告诉我妈真相。”

铁良只好让步。俩人到了隆福医院，进了病房，见文丽还是一个劲昏睡，一旁美丽傻愣愣地坐着。铁良对自己家美丽道：

“去吧，你带着美丽出去转转，给她买点吃的。”

说着从裤兜里掏出二十块钱，美丽接了，然后去拽傻坐着的白美丽。白美丽像个木偶似的，任凭美丽扯着朝外走。

铁良喊文丽的名字，文丽迷迷糊糊地应了一声。铁良有点心慌，想找个大夫问问，就出了病房的门，见走廊里只有几个穿了病号服的人慢慢地走动，没有一个白大褂的影子，铁良就往值班室走，值班室只有一个护士。铁良问道：

“请问谁是16床的大夫？”

护士正在忙着填一张表格，听有人问话，很不高兴，说道：

“16床怎么了？那么大声干吗。”

铁良赔着笑脸，说：“对不起，16床高烧不退，您看能不能找找她的主治大夫。”

护士说：“大夫休息呢，你等会吧。”说完接着填她的表格。

铁良耐着性子说：“您还是帮着联系一下大夫吧，

烧得厉害，万一出点事，你也担不起这责任不是。”

护士属于听人劝的，她放下手里的笔，打电话。

“喂，是吴大夫吗，今天下午收的那个16床，还是不退烧，家属着急呢，您能不能来看一下。”

半个小时后，吴大夫来了，看了看文丽吊瓶里的药，又用手摸摸文丽的头，自言自语道：“怪了，能用的药都用上了，怎么就是不退烧呢？”

铁良一旁道：“是不是有其他的毛病？”

吴大夫看一眼铁良说：“你是大夫我是大夫？别添乱啊。”

吴大夫往值班室走，铁良跟在后头，听吴大夫对值班护士说：“给她换一种抗生素……”

说完在一张处方上写了一串字。然后，转身对铁良说：

“我给她换了药，看看效果怎么样。”

护士去药房给文丽换药，铁良先回到病房，看见文丽睁开眼睛，铁良赶紧跑过去，弯下腰对文丽说：

“你醒了？真急死人了。”

护士换完了药，对铁良说：“你看着点，药快完了叫我。”

文丽费劲道：“多亏你了……美丽呢？”

铁良说：“甭说没用的了，我这不是赶上了。”

正说着，两个美丽一块走进病房。文丽伸出一只手，白美丽赶紧跑过去，喊一声“妈——”扑在文丽怀里就哭。

文丽说：“别哭啊，不就是发烧吗，打针吃药就好了。”

铁良让两个美丽都回家去，明天别耽误了上学。白美丽不走，要陪着妈。铁良急道：“上学重要！听叔叔的，你妈这有我呢。”

两人走了。白美丽回到家，打开家门，正要把剩下的一点数学作业做完，听对面王福寿的门一响，美丽从窗玻璃望出去，吓得魂飞魄散，见王福寿一丝不挂在院子里洗身子。美丽赶紧把窗帘拉严了，锁上门，心还是腾腾跳个不停。索性拉灭了灯，穿着衣服上了床，胆战心惊挨了一晚上，第二天上学一上午都趴在桌上睡觉。

再说铁良，看护文丽把药打完了，体温降下来，又去护士站叮嘱几句，还特意去“二十四小时都有饭”给护士买了各式的小点心，好话说了一大摞，这才骑车回家。

老远见大门口站个人影，走近一看是二哥。问这么晚怎么还这站着。二哥反问铁良：“这么晚你干吗去了？”

铁良说：“有个朋友住院了，这不是刚忙活完。”

二哥说：“你就编吧，秀珍跟我说了，你是不是外头有女人，你今儿说清楚。”

铁良累得只有摆手的份儿，推着自行车往院子里走。二哥一把拽住车后座，铁良知道二哥身体不好，怕愣走，把他拽个跟头，就停下来小声道：

“二哥，您就信我的吧，我敢对着死去的爹娘发誓，我没有那事，这行了吧。”

二哥愣了愣，只得松了手让铁良走。铁良进屋连衣服都没脱，直接上床，看了看桌上的夜光表，已经快凌晨四点了。

第二天一早，铁良照旧起来做早饭，秀珍绷着脸，不跟铁良说话。铁良红着一双眼，忙活着，伺候秀珍和美丽吃完了早饭，铁良看得出美丽想问他，可铁良就是不跟她对眼神，美丽只得背了书包推车走了。

秀珍看看表，也赶紧收拾了东西，推门出去，隔着窗户对铁良说：

“今天晚上不用给我准备饭了，晚上跟同事聚餐。”

铁良先去办事处问今天干什么，说让帮着各街道宣传计划生育，发放避孕工具。铁良去了街道居委会，几个大妈正吵吵得欢，见铁良进来了，就连忙打招呼：

“瞧，政府来人了，让他给评评理。”

“他也不能向着你说，他又不是你儿子。”

几个又是一阵大笑。铁良心想，要是等她们闹腾，没头了。便用手使劲一拍桌子，几个老太太立时全哑巴了，铁良接着道：“对不住大妈们，我家今天有事，有人住院呢，所以请大妈们原谅，我得走了。”

几个大妈七嘴八舌说：“敢情有病人啊，那就麻利儿走吧，我们替你顶着，回头要是有办事处的领导问，我们肯定为你说好话，你放心去吧。用不用送饭啊，回头给你做好了？”

铁良出了街道居委会，飞车来到隆福医院，却见白美丽坐在床头，小脸蜡黄。看文丽倒是好了许多。

铁良摸了摸文丽的头，烧退了。见了铁良有点不好意思，说："真给你添不少麻烦，都不知道怎么谢你。"

铁良说："这话就见外了不是。"

铁良扭头问美丽怎么不上学，美丽说快考试了，都复习呢。铁良说："那你赶紧回学校吧，我在这你就放心。"

文丽让美丽把事告诉铁良，铁良问什么事。美丽把昨晚上王福寿的事跟铁良说了。铁良听了对美丽说：

"去吧，先上学去，回头跟美丽一块到医院来，今天叔叔请你们吃肯德基去。"

美丽走了，铁良给文丽倒了一杯水，问她饿不饿，文丽说："你说什么呢，嘴里呜噜呜噜的，我听不清楚。"

铁良对着文丽的耳朵说："这次听见了？"

文丽指指右耳朵说："你对这边说，左耳朵听不见。"

铁良这才感觉到文丽的左耳朵被烧坏了，心里一阵难过，觉得是自己没尽到责任，要是昨天晚上不回去，没准出不了这事。铁良去护士站，找吴大夫。远远地看见吴大夫领着几个大夫查病房，铁良只好回到文丽那等着，尽量提高声音跟文丽说话，就像跟一个老年人说话那样。

文丽说："你别跟王福寿较劲去，我回去就好了，他就不敢了。"

铁良点头，说不会把他怎么样的。

说着，吴大夫查完房来了，问文丽今天感觉怎么样。铁良把吴大夫拉到病房外边，低声问："她耳朵出毛病了，您知道吗？"

吴大夫说："知道，因为她高烧持续了将近五天，所以即便用药及时也可能会出现这种情况。"

"那……这医院有没有责任啊，算不算医疗事故……"

吴大夫冲铁良翻了翻白眼说："医疗事故？你还

懂医疗事故？那你可以告啊，不过我告诉你，十有八九你赢不了。”

没等铁良再说什么，吴大夫像股烟似的走了。

文丽问铁良跟吴大夫说什么呢，铁良摇头：“没说什么。”

过了十分钟，护士推门进来说：“16床明天出院，下午去药房拿药。”

铁良心里骂了一句，表面却赔着笑脸应着。眼看到中午了，铁良提高声问文丽饿不饿，文丽想了想说：“还真饿了。”

文丽说话的声音也高了，铁良觉得好笑，却笑不出来。问她想吃什么，文丽说想吃陕西饭馆里的肉夹馍。铁良出去买了个肉夹馍回来，看着文丽一口一口吃了大半个，剩下的小半个铁良吃了。铁良让文丽睡会，下午还打点滴。铁良跟文丽要了家里的钥匙，说是看看有什么事。

然后骑着车一溜烟往道弯胡同来了。到第三个拐弯的地方，见墙角立着一根一米多长、一握粗的木棍，顺手提溜着，来到文丽家。开了院门，见王福寿正站在天井里透过玻璃往文丽家看。铁良突然走进来，吓王福寿一跳。

铁良说："看什么呢，人家两个女人的家，你看什么。"

王福寿瞟一眼铁良，不搭理他，想回自己屋，让铁良一把拦住。王福寿慌了，问："你干什么？你是她们家什么人，你又不是她老公。"

铁良说："我不是她老公，可我就想管她家的事。"

铁良问王福寿昨天干吗来着。王福寿装傻，头摇得拨浪鼓似的。铁良拿起手里那根木棍，让王福寿看着，只见铁良两手握住两头，只轻轻往腿上一碰，咔嚓一声，木棍断成两截。王福寿看得出这男人是练家子，吓得身子开始发抖，还没反应过来，只觉得两条腿后头一软，已经跪在地上。

铁良说："你记住了，要是再干类似昨晚上的事，你这两条腿就没处找了。”

王福寿就差磕头叫爷爷了。

两个美丽下了学双双来到医院，铁良看见两个女孩脸蛋都红扑扑的，真漂亮啊，高兴劲从心里往外冒。就大声对文丽说：

“让她们拜姐俩吧，看着多喜兴啊。”

文丽说：“那敢情好啊。”

铁良说：“我带她们去了，回头给你买个汉堡回来。”

文丽不喜欢，说要吃面条。

文丽出院后，一个星期没上班。她发现对屋的王福寿突然像变了一个人，对文丽很关照。文丽跟铁良念叨这事，铁良笑道：

“这说明人都在进步嘛。”

铁良的语气逗得文丽大笑。文丽突然想起住院费的事，问铁良要医院的单据。铁良翻包翻裤兜找了半天，最后说："丢了。"

文丽说："丢了怎么报销啊。"

铁良问去哪报销，能报多少。文丽想想说：

"去原先的毛巾厂看看，如果最近效益好的话能报点。"

铁良从上衣口袋里掏出来几张单据递给文丽，让她去试试，不行再想别的办法。

第二天，文丽要去厂里报销医药费，铁良问她一个人行不行。文丽说：

"我这耳朵真的听不见了，你得冲着我这边耳朵说话。"

铁良跑到文丽的右边，说："你如果想让我陪你去，就言语一声。"

文丽不好意思让铁良跟她去，厂子现在搬到通州了，去一趟就一天。再说，人家为自己的事花了时间花了钱的，自己连谢都没法谢。可文丽真的发怵，她生性懦弱，凡事恨不能有人为她扛着，有的女人生活越艰难，就越坚强，文丽不然，生活再艰难，对她的性格也没丝毫改变。

铁良早看出文丽的心思，主动提出要跟她一起去，理由是文丽的耳朵不好使，怕万一有事应付不了。

去的头一天晚上，铁良悄悄把明天要出远门的事告诉了美丽，如果他回来得晚，就对妈说是晚上有会。美丽说：

“那您总得告诉我您去哪，干什么吧。”

铁良说：“当然可以告诉你，我去通州，帮着美丽她妈要医药费。”

铁良和文丽约好第二天一大早在美术馆104车站聚齐，铁良七点就在车站等，过了四十分钟，才看见文丽扭扭地来了。正好一辆104来了，铁良大声招呼文丽：“快，快！”

文丽像只鸭子似的，拽拽地跑过来，好在司机很人性化地等着她。上了车，文丽东倒西歪地站不稳，铁良只得搀扶着她，文丽大声说：

“真对不住，让你等，来半天了吧？”

铁良小声说：“没事没事。”

到了王府井站，两人下来，去乘地铁。地铁站人多得挤不动，全是年轻人。铁良怕文丽挤丢了，死死拽着她的胳膊。文丽说：

“你瞧，我胳膊都快让你拽下来了，我丢不了。”

铁良不想跟文丽说话，他不想让很多人把目光投向他们。文丽似乎根本不在乎什么公共场合，想说什么张嘴就说。

“你说那王福寿现在怎么那么乖啊，快成保安了。”

铁良“嗯”一声。文丽不饶他，大声道：

“你帮我分析分析，他怎么突然变了个人，我怎么想都想不明白。”

旁边几个乘客扭头看文丽，文丽却根本不觉得自己有什么特别，继续跟铁良大声说话。铁良对着文丽的耳朵说：

“有什么话，咱下车再说。”

文丽说：“我告诉你这耳朵听不见，你偏对着它说。”

惹得周围几个乘客窃笑。

到了四惠站，俩人绕来绕去找到八通线，文丽说：

“要不是你跟我一起，我连坐哪趟车都不知道，我真是老了。”

到了毛巾厂，进厂门，门卫拦住他们问找谁。文丽说：

“我就是这厂职工，我还不能进自己的厂子了。”

门卫说：“请您出示胸牌。”

文丽问：“什么胸牌？”

门卫说：“职工都有胸牌，请出示。”

铁良一旁道：“她是下岗职工，来报医药费的，什么胸牌啊。”

门卫想了想，让他们进去了。

找到财务科，文丽说：“哎呦，都不认识，全是年轻人。”

一个稍微年长些的男人问什么事。铁良代替文丽说，是来报销医药费的。年长男人拉下脸子说：

“还医药费呢，工资都发不出来，谁还有心思得病。”

文丽问铁良他说什么。铁良把文丽按在椅子上，他让年长男人出去说话。年长男人不情愿地跟着铁良到了外边。

铁良说：“王文丽是你们的下岗职工，你们每个月就发给她三百块工资，她一个人带着孩子怎么生活？这次生病，高烧不退，烧坏了一只耳朵，她立马可以申请残疾人待遇，你现在不给她报销医药费，有你们的好看。”

年长男人说：“这话你最好跟厂长说去，我也是个听差的，你让我给她报，可现在厂里有规定，谁的医药费都不能报，你最好还是跟她一起找厂长，只要厂长在单子上签个字，我立马付给她。”

铁良低头想了想，进屋招呼文丽跟他走。文丽出来问铁良去哪。铁良说去找厂长。

到了厂长办公室，见门口围着很多人，一打听都是外边来要账的。铁良心里就一凉，他不管那些，扒拉开人群，拉开厂长的门，见一个胖子正坐在宽大的老板台后头，可见他就是厂长了，他正跟一个人谈话，看见铁良，脸上有些怒气，问道：

“你是谁啊？你怎么进来的？”

铁良不慌不忙道：“我是你们下岗职工的家属，她这有点医药费要报销，请您给签个字。”

厂长冷冷地道：“报药费找财务科，我这不管这事。”

铁良说：“财务科不敢做这主，非让您签字不可。”

厂长不耐烦道：“你先出去，我这忙着。”

然后就不理铁良了，扭头跟椅子上的人说话。

铁良走也不是留也不行的，这时候门开了，文丽走进来，二话不说，从兜里掏出医药费单子放到厂长眼前，厂长愣了，刚要张嘴，文丽说：

“刘厂长，不认识啦，我是原来一车间的王文丽啊。”

厂长有点二虎，听文丽的口气，就使劲回忆，半天，似乎想起什么似的，“哦”了一声，文丽说：

“您就行行好，帮我签了字吧。”

刘厂长说：“财务科是怎么回事啊，报销医药费也要我签字，我又不是财务科科长。”

说完，打电话到财务科，“嗯”了半天，撂下电话，让文丽把药费单子拿过来，看了看，说：

“就两三千块钱，至于厂长签。”

然后在文丽的药费单据上写了一行字，交给文丽，文丽千恩万谢走出厂长办公室。到了财务科交给年长的男人，那人看了看说：

“厂长只说请财务科酌情处理，我也只能给你报三分之一，不瞒你说，就是在职的工人，看病也不能全报，还请你体谅厂里的困难。”

文丽只听清了最后一句话，就顺着他说：“是啊，是啊，都互相体谅吧。”

正说着，电话来了，一个年轻会计接了，转告说：“王科长，厂长办公室让您赶紧过去一下，说有要紧的事。”

王科长让文丽他们等他一会，说完就推门走了。

两人一开始坐在屋里等，见人家都在整理账目，就很知趣出去等。两人到一棵大树下边，树下边还有人用砖头垒的座儿，两人坐下。

文丽心里觉得真过意不去，就对铁良说：

“要不你先回去吧，我一个人在这等就行。”

铁良有些犹豫，看看表，快两点了，铁良突然想起还没吃午饭。问文丽这附近有没有吃东西的地方。文丽摇头说不清楚，铁良把文丽从座儿上拉起来，说：“找个地方吃点东西。”

俩人出了厂门，远远看见一大片一大片的楼房，真是好看。文丽说："我要是有钱就在这买套房子住。"

铁良说："我不在这买，太远，去趟王府井都困难，我要买就在东三环那一带买，那边热闹，去王府井还方便。"

文丽笑道："你做梦吧，你要是能在东三环买房，我就去故宫买房了。"

铁良说："那是文物，你就是有钱也买不成。"

文丽看见不远处有个卖煎饼果子的，就说：

"走，我请你吃煎饼果子。"

文丽问多少钱一套，答，看您是要俩鸡蛋还是一个鸡蛋。文丽说：

"一个要俩鸡蛋，一个要一个鸡蛋。"

卖煎饼的乐了，说："大姐您是说绕口令吧。"

文丽说："我哪还有闲心说那个。"

煎饼摊好了，递到两人手里，铁良和文丽就站在煎饼摊旁边吃，已经过了中午，买煎饼的不多，铁良问摊主这一个月能卖多少钱。卖煎饼的开始还磨磨叽叽不想说，见铁良是个极和善的人，就伸出三个手指头说：

“怎么也得这个数。”

铁良睁大眼睛：“三千？”

“这还少说着呢，我要是早中晚都这盯着，五千也打不住。”

铁良对文丽说：“听见啦，挣钱的地方多了，就看你干不干。”

文丽说：“我瞧着你是光嘴上说，还是真干。”

铁良说：“不含糊，我早想弄个煎饼摊，想卖就卖，不想卖就歇着，谁也管不着我，更不用开会，看别人的脸色。”

卖煎饼的乐了：“我看你们两口准行，和和气气的，准能发财。”

两人吃完煎饼，话也说够了，转身回到财务科，科长还没回来，问：“他到底什么时候回来？”

一个年轻的会计说：“刚打来电话，说去银行了，还说这次顶多能报几百块钱，要不你们下月来，一块报？”

铁良让文丽拿主意，文丽没主意，两人四只眼睛对着看了好一会，铁良说：“要不下月一起？”

文丽说：“那今天不是白来了。”

年轻的会计听了，走进后边的屋子，一会拎出一个大塑料袋，递给文丽说：“没白来，这是厂里发的，正好您把这拿回去。”

文丽一看，是几条浴巾。

秀珍临下班的时候接到美丽一个电话，美丽说：“这是用我们同学的手机打的，所以我得快点说，今天晚上我爸开会，晚回家，我和几个同学去肯德基给一个同学庆祝生日。你自己吃吧。”不等秀珍说完，美丽就挂了。

其实美丽是按照爸的计划带白美丽去吃饭。自从两个美丽消除了戒备，变得跟亲姐妹似的，白美丽早把那个梦梦忘到九霄云外，而梦梦又看中了另一个叫虹虹的女孩，所以即便走个对面，也跟不认识似的。

两个美丽肩并肩地走出学校大门，俩人高矮胖瘦都差不多，都属于亭亭玉立那一类，五官都十分精致，只有皮肤的差异，所以走在一起很打眼。就有男孩前后围着说些挑逗的话，什么：呦，双胞胎啊，怎么一黑一白啊。俩美丽不搭理，只管走自己的。白美丽似乎什么都听黑美丽的，问吃什么，白美丽说，随便。那还是肯德基？俩人不紧不慢朝美术馆方向走。白美丽提议去精典音像店，看看周杰伦的新专辑来了没有。黑美丽说先去美术商店吧，想买几支速写笔。

两人路过皇城根遗址公园的时候，黑美丽惊叫一声突然停住，小声对白美丽说：“我妈。”

白美丽不认识黑美丽的妈，问："哪个，哪个是你妈？"

黑美丽让她小点声，指着一个穿花上衣黑色七分裤的胖女人。"就是那个，看见了？"

白美丽说："你妈还有点气质，不像一般的家庭妇女，就是太胖了。"

黑美丽说："嗨，这就不错了，你妈不也那样。"

两人站在那里，不错眼珠地看着远处的秀珍。

白美丽问黑美丽："你妈干吗呢，我怎么看她就是瞎逛，你瞧，修自行车的她也看，她又不骑车。"

黑美丽小声说："我骗她说我爸晚上开会，我去给同学过生日，所以她一个人就不知道怎么打发时间了。"

白美丽想了想说："这对你妈不公平啊，你和你爸都是为了我们家的事，让你妈在街上流浪，她招谁惹谁了。"

黑美丽说："那让我爸怎么办，你妈总黏着他，我妈又像使唤奴隶似的使唤他，你说我爸还有活路吗。”

这时白美丽突然捅了捅黑美丽，黑美丽抬头，只见妈似乎已经看见她们，但她犹豫着，黑美丽赶紧把头低下来，可那阻挡不了秀珍的脚步，白美丽看见她扒拉开人流，两眼定定地望着白美丽和黑美丽，并朝着她们坚定地走来。

秀珍确定那就是美丽，所以她很快地穿过马路，毫不犹豫地朝着两个女孩走过来。刚才的那种彷徨和犹豫一点都没有了，她走到两个女孩身旁，上下打量着她们，最后，目光停在黑美丽的脸上，用一种古怪的声音问道：

“你是在……骗我吗？”

黑美丽愣愣地看着母亲，不点头也不摇头。

秀珍追问道：“美丽，你说啊，你干吗要骗我，是你爸让你这么做的，还是你自己……”

铁良和文丽好不容易等来一辆 104 无轨电车，俩人拼命往上挤，铁良在后头推文丽，文丽像块冻肉似的，任凭铁良怎么推就是不往上走。铁良说：

“你往上再来一点我就有地方站脚了。”

文丽拼出吃奶的劲往上挤，她觉得自己快要窒息了，中午吃的那个煎饼早就没影了，肚子已经造反了，结果就是浑身没劲，眼睛冒金星。文丽小声道：

“我没劲了，要不……”

这时文丽突然感到铁良紧紧贴着自己的后背，车开动了。随着车往前走，文丽感到后背很热很有力量，刚才的饥饿感完全消失了，就像吃了大力丸，手脚似乎一下子变得有力气了。她甚至恢复了女性特有的敏感，仔细感觉着铁良的身体，她想从铁良身体的蠕动上，感觉他情感的流动。铁良似乎也有些异样，因为文丽已经很明确地感觉到铁良身体的变化，她下意识地想与铁良的身体保持一定的距离，但她做不到，因为车上太挤，她来不及想什么，就听电子报站器说：下一站灯市西口，下车的乘客请提前做好准备。

灯市西口到了，铁良说："干脆走一站吧，反正已经晚了。"

文丽很听话地下了车，铁良还用手去接文丽，文丽很自然地把手搭到铁良的手上，然后两人的手就没有松开。一开始两只手还有些犹豫，过了首都剧场，就不再犹豫了，两只手攥得紧紧的，甚至还像小孩那样前后悠荡起来。

他们轻松地走过华侨大厦，过马路，前边就是三联书店了，那种轻松已经转换为一种久违的愉快，但这时，铁良突然站住了，可拉着文丽的那只手还没有松开，文丽刚要问铁良干吗站住，猛一抬头，惊呆了。只见两个美丽，表情木讷地站在104车站旁边，她们的身旁站着一位胖胖的中年妇女，文丽有一丝不祥的感觉，她偷偷地看了一眼铁良，从他的表情上，她知道不妙。这时候铁良还攥着文丽的手，仿佛两只手已经长在一起了。

秀珍慢慢地走过来，看了看文丽，问铁良道：

“这就是那个‘同桌的你’吧？”

蓝

1955年，我9岁。因为先天性心脏病住院手术，医生开了休学一年的证明。三月，第一场春雨过后，爸在胡同里拦了一辆马车，去月坛的市儿童医院，把我接回到东四北大街的家，车费花了一块多，妈直心疼。

我的屋子显得比以前小了，窗户被我奶奶擦得雪亮，蓝格子的床单整齐得连个褶儿都没有，阳光从玻璃窗照进来，哪都是新的。爸背着我进了屋，像放一件易碎物品一样，小心翼翼地把我放到床上，我坐在床沿上，抬头看着爸、妈、奶奶，他们的眼睛里都写着同样的字：担心。

一个星期后，我试着从屋里走到院子里，院子里铺地方砖有很多已经破损了，奶奶提醒我：别崴了脚。我又试着往院子外边走，被奶奶拦住了，说：“再等等吧，胡同里的穿堂风大，你身子弱。”

又过了几天，奶奶拿了一个板凳，放在大门口，对我说：“坐这吧，看看胡同里的人就不闷了。”

我不由自主地倚在门框上，往胡同的北边望去，湿漉漉的地面上撒了一地雪白的梨花瓣，我知道是一号院王奶奶院子里的梨花开了。来往的人少，梨花瓣还像刚落下时候那么白，那么干净。我想，只要没人走动，它们就会永远这么干净了。这时候，悄无声息的，一顶蓝色的轿子被两个轿夫抬着进了胡同口。

他们渐渐走近了，轿夫穿着一样的黑士林布的夹袄，腰间系着灰色的布腰带，脚上穿着黑崇奉呢面的布鞋。帘子遮得严实，看不见里边的人，但它经过我身边的时候，听见轻轻嗽了下嗓子，是个娇媚的女声。潮湿的空气还隐约地送过来脂粉的香气。

我发愣的时候，黑子不知从哪冒出来，他是我的同桌，班里最淘气的孩子，住斜对门。我问他怎么不上学。他眨眨眼说："上啊，课间休息，我回家吃东西。"我看见他手里拿了半拉馒头，另一只手捏着一块咸菜。黑子诡秘地看着我问："你没死啊，同学都说你得了心脏病。"我笑笑，不想解释，因为我没劲说太多的话。最后，我问黑子："你知道那顶蓝轿子里边坐的是谁吗？"黑子惶惑地摇头，他跑掉的时候，地面发出咚咚的响声。

晚饭的时候，我对奶奶说，今天胡同里来了顶轿子，不知道里边是谁。奶奶正把米饭里边的黄豆一颗一颗挑出来，爸不喜欢吃黄豆。听我说这个，奶奶停住手，想想说："八成是岳家的，三少爷的对象，一个叫水仙的。"妈接过话头："是个戏子，听说是京城一位名角的徒弟。"我心里一惊：三少爷竟然有了对象!

三少爷是整条胡同里，不，是东四这一带，也许是整个东城，最俊朗帅气的男人。我有过这样的想法：如果将来结婚，就找三少爷那样的男人。

三少爷的爸爸岳东升是开中药厂的，很有钱，三少爷是他最溺爱的孩子，很早就把他送到美国留洋，然后回国去协和医院当医生。岳家只有三少爷穿西服打领带，脚上的三接头皮鞋锃光瓦亮。

第二天一早，我听见爸和妈在北屋的堂屋里吵架，奶奶抄着两只手，站在我的床前冲我笑。我问他们吵什么。奶奶还是笑，我知道，只要大人不想告诉我的，怎么问他们也不会说。我只得支棱着耳朵听。但我只听见妈说的最后一句话："有能耐你别回来，去找个野的给你生。"然后就听见爸很有力的脚步声，从北屋一直响到大门外。妈上班的时候已经十点了，上个星期爸刚教我怎么看表，所以我确定妈迟到了。我听见高跟鞋吧嗒吧嗒走到我的窗前，妈冲着窗户跟我说："好好休息啊，要不下个学期还上不了学。"

我想知道爸妈为什么吵架，但我更想看那顶蓝轿子。

我打开院门，吱扭一声，奶奶在我身后说："瞧瞧，光顾吵架，都不知道给大门上油。"

不下雨的时候，胡同的地面就浮着一层黄土，来往的人和车带起灰尘，奶奶不让我坐在门口，怕我吸进去太多的灰尘。

快吃中午饭的时候，还不见蓝轿子的影儿，我不想碰上中午放学回家的同学，站起来，顺手拿起板凳，就在这时，我竟然看见了三少爷！他出现在胡同口的时候，正好吹过一阵风，雪白的梨花瓣从半空中飘落，三少爷被裹在其中，恍惚间，他就是花神。我听不见他的三接头皮鞋敲击路面的声音，但他脚底下的皮鞋分明雪亮，而且在移动中闪着光芒。我是因为太过激动而暂时失聪，幸亏我没有失明，否则我就错过了三少爷。他走近我了，然后停下脚步，端详着我的脸，因为我站在台阶上，所以我比他高；他就那么微微仰着头，笑着，问我道："你出院了？恢复得怎样？"

我感觉脸在发烧，紧张得说不出话，我想说：我很好。但就是张不开嘴。三少爷似乎明白我的感受，继续说道："如果你需要补功课倒是可以来找我，不过只能星期天。"说完，还冲我扮个鬼脸，然后才转身往对面的小胡同家里走去。站在我家门口能看见三少爷家小楼的二层，可三少爷不住二层，二层住的是三少爷的两个妹妹和岳东升的两个姨太太。我想：三少爷要是住二层，我站在家门口就能看见他了。

三少爷叫岳叔衡，胡同里有年纪的都叫他三少爷，年轻的都叫他叔衡。年轻人对老一辈叫少爷什么的很是反感，都什么年代了，还少爷小姐的。而老一辈有他们的道理：什么年代都有礼数啊。

中午，奶奶给我蒸了鸡蛋羹，然后放了一点酱油，滴了几滴香油，用勺子切成大方块，酱油和香油渗进蛋羹里，香味慢慢地飘散出来。旁边的小碟子里是两个精致的豆包，富强粉的，真白啊。爸在全国总工会工作，总是能弄到胡同里别人弄不到的东西。我吃了一个豆包，半碗蛋羹，奶奶一边唠叨一边把我剩下的吃完，然后去洗碗和碟子。奶奶一进厨房，我便溜出了门，我猜测三少爷只是中午回来办点事，马上又会回医院，他走的时候，我还能见到他。

没想到，我还没站稳，奶奶就推开一道门缝，把我从大门口拉回到院子里，然后像押犯人似的，把我押到西厢房我的房间里，说声："午睡啊。"然后带上门走了。我听见奶奶哐啷一声，把大门闩上了。

我躺在床上，迷迷糊糊看见三少爷站在我床前，问我课本在哪，我摇头。他就笑我，不是好学生，还说，生了一场小病，就不想学习了，真不是好学生。我急道："我是好学生，可那不是小病啊，是心脏病，心脏对人多重要啊。"三少爷根本不理会我的辩解，继续问我课本，我一急，醒了。看看墙上的挂钟，两点多了，想：三少爷肯定已经走了。

我穿上衣服，懒洋洋地走出屋门，院子里的石榴树长了好多花骨朵，南墙边上那棵枣树还是光秃秃的，我问坐在北屋门廊下的奶奶："石榴花什么时候开？"奶奶笑道："生一场大病人就超生一回，什么事都忘了，过一个月就开了。"我说："就是不生病我也记不住。"

我已经能在胡同来回走动了，身体的虚弱像丝一样，慢慢地抽离我，周围的世界也慢慢地回到我的身边，让我以前的情感愈加浓烈，而新的事物也让我迷恋。

我又看见了那顶蓝色的轿子。

轿夫似乎比那次走得慢，身上的衣服换成了蓝色士林布的，步子迈得很谨慎。走近了我才知道三少爷跟在轿子后头。

三少爷冲我眨眼，看得出他心里有一股压抑不住的激动，那股激动像潮水一样，随着他的脚步起伏着。我不知道怎样回应三少爷，我不能说话，一是怕惊动了轿子里边的人，二是我说不出来，我原本就是不喜欢说话的，加上因为心里对于三少爷莫名的迷恋，而进入了失语状态。最后出于礼貌，我朝三少爷挥挥手。

我想起来，今天是星期天，所以三少爷没上班，那么说，那次轿子自己来的时候，三少爷已经在家里等候了？要不就是……

我的身体还没有完全恢复，虽然我能够走出胡同，到大街上看车水马龙，但我不能像以前那样痛快地思索。比如现在，对于三少爷和轿子的关系，渐渐地成了一笔糊涂账。说不定夜里会刮起一阵风，那阵风会把那一地的梨花吹走，这是个我不愿意细想的事，那些花瓣儿去哪了？这世界上哪里能够承受那么漂亮的事物？

快吃晚饭的时候，有人敲门，奶奶高声问是谁。“是我，黑子，小秀的同学。”奶奶笑着把黑子拉进院子，喊我：“秀，黑子来看你了。”我已经隔着窗玻璃看见他了，他身上那件对襟洋布褂子的左胳膊肘破了一个大窟窿，露出黑子的胳膊肘，随着身体动，胳膊肘若隐若现，我想：他妈也不知道帮他补一补。

黑子看见我，竟然羞涩地低了头。我吃惊道：“你还会害羞啊。”奶奶一旁道：“你看这丫头，别这么说人家。”

我坐在北屋的台阶上，黑子站在台阶下面，石榴花有的已经开了，花虽小，可红得让人没法忽略它们，没有指甲草花的时候，我也会让奶奶用石榴花帮我染指甲。但今年我不想染。

黑子见奶奶进了厨房，问：“你爸你妈呢？”我说：“看戏去了，《梁山伯与祝英台》，知道是什么内容吧？”黑子摇头说不知道。我刚要给他讲，他却说道：“你别给我讲，我不喜欢戏，吃饱撑的才看那个。”我说：“你知道什么呀，那是黄梅戏，在吉祥剧院，我都想去，可他们不带我去，说我太小，长大再去。”

黑子逗我道：“你还小啊，都得心脏病了，我妈说，心大的人才得那病呢。”我反驳黑子：“心大人也不大啊。”我突然想起黑子是个蹲班生，比我们大一岁，就嘲笑他：“我还没你大呢，你要是再蹲班，就更大了，你要是永远蹲班，你就能当同学的爷爷了。”

黑子根本不把我的话放心里，接着问我：“你真的不上学了？”我点头道：“我告诉过你了，休学一年。”黑子又问：“什么叫休学？”我说就是不上学，在家休息。我嘟囔一句：“连这都不知道，笨蛋。”

黑子突然对我说：“我看见水仙了。”我心里一惊，问："谁是水仙？"黑子卖弄道："不是跟你说过了，你一点记性都没有，就算我没说。"说完，装腔作势抬腿就要走。我一把抓住他的胳膊，不小心，手从那个破洞里钻进去，碰到了黑子的肉。我下意识松了手，我突然觉得颓丧，因为我已经想起来水仙是谁了。但我还是不愿意让黑子现在就走，说不定他看见了水仙？因为我看见轿子被抬进岳家，也看见三少爷跟在后面。

果然，黑子说他看见了水仙，见我张大嘴等着他往下说，黑子并没有像刚才那么卖弄，而是明显地不高兴，黑子不高兴的时候只是一个劲耸鼻子，他突然反问我道："岳叔衡有什么好的，你那么惦记他。"耸了鼻子，黑子接着说："他就是再好，你也当不了他的媳妇儿，他那么老，当你爸还差不多。"

说完，黑子走了。奶奶端着一碗面条从厨房走出来，递到我面前说："别发呆了，你要是想找他玩，吃完去，今儿我看见黑子妈了，说让黑子多跟你玩玩，省得你闷得慌。”我手里捧着那碗面条，拿不定主意是坐在台阶上吃，还是端回我屋里去。奶奶知道我不喜欢吃面条，难道她忘了？可她怎么记得我喜欢吃黄豆米饭呢？这时候我已经感觉到碗很烫了，我只好把一碗面条扔到地上。

这时，妈推开院门进来了，手里拿着一个报纸卷成的纸卷，我知道是好吃的，迎上去，妈把手里的纸卷递给我，是一把糖炒栗子。我问："爸呢？"妈说："还在戏园子里呢。"然后加上一句："我不想看了，就一个人先回来了。"

妈上台阶的时候，差点崴了脚，她的高跟鞋太高了。奶奶从厨房跑过来，跟在妈妈的身后进了北屋。我猜妈是和爸吵架了，他们很喜欢吵架，而且是随时随地的，好像不吵架就没法活似的。

我吃着妈给我的栗子，不由自主地走到北屋的窗根底下，偷听妈和奶奶说话。奶奶问："怎么这么早就回来了？"妈说："他没完没了说生孩子的事，还说这次一定要生男孩，那是戏园子，又不是炕头，立马就能脱裤子？”奶奶急道：“祖宗，你小点声啊，让孩子听见多不好。”

我知道了妈和爸的秘密，心差点从嗓子眼儿跳到地上。我悄悄地走回到院子当中，那是刚才妈给我栗子的地方，我才觉得安全，如果她们出来看见我，也会认为我没有挪动地方，也就不会认为我偷听了她们的谈话。但她们并没有出来，还在北屋叽叽咕咕说话，我想不出她们还能说什么，不就是爸让妈生孩子，最好生男孩，而妈不愿意生。就这也能说上个把钟头？

我拿着栗子包走出院门，有不少人在胡同里闲逛，刚吃完晚饭，天气不冷不热，胡同里灌满了春风，吹得人浑身都痒痒的，来回地走走，碰上熟悉的人说句话，多舒服啊。

除了三四个住在这条胡同里的同学，没什么人跟我熟悉，再说我一个小孩，谁会在乎。奇怪的是，他们即便互相之间谈论到我的病，而且明明看见我在那溜达，他们也像没看见似的，说："嗨，那孩子，就是多灾多难，也不知道手术做得怎么样。"他们是真的想知道吗，我看他们只是为了说话聊天才提到我的病。

我顺着墙边走，一来怕骑车或者走得快的人撞着我，这是奶奶反复跟我说的；二是很害羞他们问我关于手术的事，总之我觉得人一旦做过手术，就跟其他人不一样了。尤其是我胸口上那条又粗又长的伤口，像一条大蜈蚣似的趴在那里，妈安慰说："你还小，等你长大了，它就变细变短了。"可我什么时候长大呢？

这时候我听见几个老太太在议论三少爷。

我停住脚步，从纸包里拿出一个栗子，仔细地用牙轻轻咬一下，只让它的壳裂开，而里边的栗肉保持完好，然后我用两个大拇指顺着裂开的纹路挤压栗子，听到噗一声，壳完全裂开了，取出圆圆的栗肉放进嘴里。做这些的时候，我的耳朵支棱着。一个人说：

“我倒要看看岳东升的脸往哪放，儿子找个戏子不算，还是个破烂货，肚里的孩子不知道是谁的。”

我的心似乎停止跳动了，这是议论那个叫水仙的女的，三少爷的对象啊。另一个又说：

“岳东升居然会让她进门，他大老婆可说过：戏子无情，婊子无义。可见他们岳家把戏子和婊子放一起了。”

又听见说：

“那是他大老婆说的，俩小的没说过吧，所以那只能代表大老婆，连岳东升都代表不了。”

我一直很奇怪，为什么胡同里结婚的男人都是一个老婆，只有岳东升是三个。奶奶说：“他有钱养活呗。”

更奇怪的是，大老婆生了三个儿子、两个女儿，两个姨太太连半个孩子都没生。

这时又一个老太太说："那俩姨太太真是享福，光张着嘴吃，身上哪哪都闲着。"

另一个抢过说："现在舒服，老来受罪，等老了，谁管她们？"

天已经大黑了，胡同里三盏路灯只亮了两盏，灯光是灰绿色的。我知道爸肯定从胡同的南边回来，可南头的路灯坏了，很黑，我只好站在胡同的中央，这样如果水仙的轿子从岳家出来，我就能第一个看到，而且也能看到爸进胡同口。

整个晚上竟然没看到黑子，还有其他几个也住在胡同里的女同学，他们都像是消失了一样。

老远地，我看见了爸，我喊"爸"。爸吃一惊，前后左右找，看见我，赶紧拉住我的手，问我累不累，是不是等很长时间了。

爸没有松开我的手，一直拉着我走进院子里。

石榴花已经开败了，院子里满地都是花瓣儿，我不让奶奶扫，就那么留在地上，我让奶奶走路的时候留神，别把它们踩烂了。爸和妈就不管那么多了，尤其是爸，他的皮鞋底子上沾了很多碾碎的花瓣，他走上台阶，一边在地上蹭着脚，一边冲奶奶喊：“也不知道把院子扫扫，看看踩的。”爸抬起脚，用手摘下一个很大的花瓣，我看见爸的皮鞋底子上红一块紫一块的，再看看爸皱紧的眉头，我知道爸爱干净，第二天我让奶奶把院子扫干净。奶奶笑着问：“不留着了？”奶奶一边扫，一边说：“其实我也挺喜欢的，舍不得扫，多好看啊。”

有半个月没看见水仙的轿子了，上个周末看见三少爷站在家门口抽烟。岳家二楼上有人飞快地跑下去，好像是大小姐红鸾，一会儿，管家就出来叫三少爷回去。三少爷把烟头扔在地上踩灭，跟着管家进去了。一会儿，管家又出来，拾起刚才三少爷丢弃的烟头。

我猜不出红鸾和妹妹红缨整天在楼上做什么，更不知道岳东升干什么，他们不用出去工作，人出去工作是因为要挣钱，而岳家已经很有钱了，所以不用工作。三少爷为什么去工作呢，只有一个原因，他喜欢。

我奶奶也没有工作，她整天在家做家务，岳家除了管家还有一个奶妈和一个做饭的女佣。那整个一家人都在家里闲待着？

如果有空的话，奶奶就收拾院子里的破烂，岳东升和红鸾、红缨总不能也干这个，再说他们家有没有破烂还是个问题，他们家那么阔，一定没有破烂。还有，这是我想了很久都没想明白的：谁让他们家这么有钱的？为什么他们家跟胡同里别的人家不一样？我问过黑子，黑子挠挠后脑勺说："谁知道，没人想这事。"问奶奶，说："那都是命。"我问命是什么。奶奶说："等你长大就懂了。"我想：我长大有多少事要懂啊。

每天的晚饭后，我都去胡同里，妈想阻拦，爸说："让她去吧，不能上学，多可怜，想干什么干什么吧。”

这天晚饭后将近八点钟，我溜达到胡同的南口，扭身往回走的时候，隐约看见一乘轿子晃晃悠悠地进了北口，我几乎小跑着奔过去，让我有些吃惊的是，轿子已经改成洋车了，两个轿夫换成一个，像蹬自行车似的，沙沙的，两只大轱辘碾过路面。我看不清蹬洋车人的面孔，只感觉到那是个沉静的中年人，他的两只脚用力十分均匀，毫不费力。我故意接近轿子，不，是洋车，我几乎触到洋车的布帘子，感觉到里边的人轻微的喘息声。一缕清香，从洋车的缝隙溢出来，我不由得张大鼻孔，猛吸几口空气。

我一直跟着洋车走到三少爷家的小胡同口，才恋恋不舍停下来。我猜三少爷正在院子里等着，我能想象出他那种兴奋焦躁的样子。我突然改变主意了，我的两只脚不顾一切追着洋车到了岳家的大门口。洋车车夫缓慢地将车停稳，然后——我的心要跳出来了，突然想起出院的时候大夫说的：不要太激动。现在算不算太激动？我顾不上那些了，马上就要见到那个叫水仙的女人！

可这时候，岳家的大门突然打开了，开门的正是三少爷岳叔衡。天色虽然很暗了，但从院子里映出来的灯光把一切照得雪亮，我看得十分真切：包括三少爷身上那件白绸子短马褂，和下身那条黑绸子扎腿马裤，甚至能够看清楚马褂上的白色团花，还有三少爷因激动而变得贼亮的眼睛。三少爷为了水仙激动，我为了他们两个。

我只看见了水仙的背影，水仙穿了旗袍，腰很细，勾勒出丰满的臀部，移动脚步的时候，风摆荷叶。高跟鞋轻轻敲击地面，头上烫得满是发卷，要是黑子在，准会叫她卷毛狗。三少爷把一只手朝水仙伸出来，水仙很自然地将右手搭在三少爷的手臂上，水仙的左手攥着一条白手绢，轻轻地掩着鼻子。我吸口气，试试空气中是不是真的有臭味。没有，只有春天将近的慵懒和乏味。我看着三少爷揽着水仙的肩膀，朝正房走去，心里突然感到不是滋味；但很快，这种感觉便被好奇代替。管家从大门探出头问洋车车夫：“您是这儿等还是进院子？”车夫指指车。管家就把门虚掩上了，门缝一道灯光照在洋车的帘子上。我猜是管家因为车夫，不好意思把大门关得太严。

他们根本不把我当回事，小孩在胡同里跟一个门墩儿、一块上马石没什么区别，就像刚才，其实三少爷已经看见我了，可他就像没看见一样，跟那天关照我，可以去他那补课，一点都不一样。

我不急于回家，妈还没喊我。我想跟那个车夫搭讪，目的当然是水仙。可我根本想不出第一句话说什么，那车夫已经躲进洋车里了，也许正在睡觉。一想到这个，我就踮着脚尖走路，怕吵醒他，如果他脾气不好，没准冲我大吼，我最怕大人朝我大声吼叫。

我刚离开的时候，却听见车里问了一句：“你也喜欢听戏吗？”

我？喜欢听戏……

这时岳家院子里突然传出唱戏声，我一愣，继而明白车夫的话，想起水仙是戏子。

我停住脚步，胆怯地问：“那她干吗到这里来唱戏？这又不是戏园子。我爸妈看戏都去吉祥剧院。”

车夫的声音很闷：“这不是近水楼台嘛。”

我听不明白车夫的话，又不敢问。这时候听见妈在胡同里喊我的名字。我边跑边冲着洋车说：“我妈喊我回家了，再见。”

妈好像很高兴，身上穿了件在家里穿的旗袍，比平常出门的宽松，但还是很好看，绿的和粉的细条纹相间，夹着很宽的白条纹，还整个滚了很窄的绿边，显得很精致。

妈把我领进北屋，这是爸和妈的屋子，平时我不大进来，奶奶怕我把屋子弄脏。

爸正坐在窗台的书桌旁看报，绿色的台灯，灯光很葱茏。见我进来，把椅子往后靠靠，招手让我过去。我走到爸的书桌旁，见报纸铺了一桌子，字都是竖着的，爸笑眯眯地看着我说："听说明年就改成横排了。"妈说："你瞎说什么啊，横排，那还叫报纸啊。"

我心里很怕他们吵架，想走，可又不敢。好在他们今天心情似乎都很好。我把目光像滚铁环似的，在屋里滚了一遍，很容易就找到了他们和睦的原因，床上放着一块绸布料，一望而知是给妈做旗袍用的，妈就喜欢做旗袍。浅灰色的底子，紫色的小菊花，很雅致，爸很会挑选料子，每次都让妈高兴好多天。妈见我盯着那块料子，高兴道："你爸托人从杭州带来的，好看吧，等你长大，也给你做旗袍穿。"

爸突然对我说："让你妈给你生个小弟弟怎么样？"

我看看妈，妈没什么反应，就点点头。妈像是没听见爸和我说的话，她仔细地把床上的布料叠好，走到墙角放箱子的地方，把箱子上的花瓶和座钟放在旁边的椅子上，然后打开箱子盖，把布料放进去。爸说：“还放进去干吗，明天就去做吧。”妈撇嘴道：“不年不节的，做什么衣裳。”我猜妈是成心这么说，这就等于跟爸说，给不给我生小弟弟还不确定。

我从北屋出来，看见昏暗的院子里，奶奶抄着两只手站在那。见我出来，迎上来问：“你爸跟你说什么了？”我说：“没说什么啊。”“真的？”奶奶很疑惑。我不忍心骗奶奶，就说：“我爸让我妈生个弟弟。”奶奶两手一拍说：“这就对了！”

这天，妈请了假，带我去儿童医院复查。13 路汽车上尽是从农村来的，抱着孩子，孩子都不停地哭闹。我悄悄问妈：“那些小孩为什么总是哭？”妈说：“生病了，都是去儿童医院的。”

我又问：“他们住哪？”妈摇头：“谁知道，总有地方住。”这时前边的车厢一阵热闹，听见有人大声说:“你孩子拉了，瞧瞧，臭死了。”没一会，车厢里就传来一阵臭气，坐在窗户边上的人赶紧打开所有的窗户。

到了儿童医院站，呼啦下了一大群，妈说得果然不错。

见了医生，给我听心脏，然后说还要做个检查，我赶紧问疼不疼。医生笑道:“不疼。”然后让我们跟着他走。拐弯抹角来到一个房间门口，医生对妈说:“您就在这等吧，十分钟就好。”然后示意我跟着他走，突然一阵巨大的恐惧感袭来，我扯着妈旗袍的下摆不放手。妈对医生说:“您看这孩子不懂事，我能不能跟她一起？”医生很痛快答应了。但妈进来后，只能在外边的凳子上坐着，好在妈和医生关系好像很融洽，医生让我自己一个人进到更里边的一间小屋里，我虽然还想让妈陪着，但看到医生也只是跟妈在一个房间里，看来让妈进来跟我一起，是不可能了。我壮了胆，走进去，听见外面的声音:

“把上衣脱掉吧，穿个背心就可以了。”我照做了，只感觉不知从哪个角落，一阵阵的凉风吹过来。我想起奶奶讲的鬼故事，里边总会有类似“一阵阴风刮过来……”这样的词。我心里更害怕，坚持做完检查，根本顾不上医生跟妈说了些什么。

晚上我发烧了，急得奶奶不知怎么办，踮着小脚一个劲往北屋跑，问妈怎么办。我听见妈高声对奶奶说：“就是个普通的感冒发烧，跟心脏没关系，今天都查过了，她恢复得很好，不能再好了，您别担心。”

半夜醒来，口渴难当，刚想喊妈，月光中见奶奶睡在我身旁，她的鼻息很轻，灯绳就在我手边，我拉开灯，奶奶睁开眼，迷迷瞪瞪看着我，我说渴。奶奶赶紧爬起来给我端水。我喝水，问妈为什么不在这。奶奶说：“你还挑人啊，有个人伺候不就行了。”

这时我听见北屋一阵喊叫，吓我一激灵，我看着奶奶，奶奶安慰我说：“没事没事，咱睡觉。”说着拉灭了灯。

第二天，妈起得很早，看上去很有精神，她已经穿了出门的衣服，是一件很瘦的旗袍，深蓝色底子上隐约能看见一朵朵的小白花，妈真是穿什么都好看。

我想问妈昨天夜里的事，妈却说：“我今天要早走，幼儿园里开会。”

然后爸走进我的房间，问还烧不烧。我摇头。爸好像也很高兴，连早饭都没吃，奶奶说：“要知道你们都不吃饭，我就不熬那大锅粥了。”

奶奶端了一碗粥走进来，我看见上面还撒了一层肉松，放在桌上，奶奶又出去了，一会端了个小碟子，是一块蛋糕。

我病好了就跑出院子，胡同里树上的叶子一下增加了好多，枣树开花了，很小很白，没人会在意枣花，人喜欢的是枣。

我走到三少爷家门旁，大门紧闭，我觉得在我生病期间，一定错过了很多事情，三少爷和水仙之间一定有新的故事。或者他们已经结婚了，已经搬到别的地方住了。

但转念一想不可能，即便他们结了婚也不会搬走的。岳家不允许儿子搬出去，三少爷的两个哥哥都结婚了，他们一律住家里。正想着，大门突然开了，不是别人正是三少爷。我被吓结巴了，“你，你……”半天，三少爷笑道：“干吗这么紧张啊。”又问我恢复得怎样，是不是该去医院复查了。我说，刚去完，医生说恢复得很好，我加了一句，可从医院回来就发烧了。三少爷笑道：“那是你身体太弱了，你要注意锻炼，比如多晒太阳、跑步什么的，对了，让你妈经常给你做点好吃的。”我注意到，三少爷虽然跟我说着话，可眼睛不时地往胡同口瞟，我一下就猜出三少爷站在这跟我聊天的原因，一句话跑到我嘴边，脱口而出：“你真的要娶水仙？”

三少爷愣了一下，随即道：“我也不知道，我爸不愿意我跟水仙来往。”我心里竟一阵轻松，等着他说下去。我知道大人有的时候喜欢跟小孩说真心话。“就因为她是唱戏的。”三少爷好像自言自语。“唱戏的有什么不好呢？”我问。三少爷总算找到知音了，高兴道：“你说得对啊，唱戏的怎么了，梅兰芳也是唱戏的啊，多有尊严啊。”我听妈说过梅兰芳，知道是个男扮女装的，我说：“可人家是男的啊，就没有让人来娶的事了。”三少爷听我这么说，乐了。

我还是搞不明白，岳东升不喜欢水仙，可为什么水仙还总来，她心里会好受吗。我刚想问三少爷，只见三少爷的眼睛一阵发亮，我扭头一看，那辆洋车已经到了跟前。还是那个车夫，因为天亮，我看清了他的脸，很黑，脸上的棱角分明。他把水仙从车里扶出来。我第一次看见水仙，跟我想象的差不多，只是那双眼睛又大又亮，仿佛一下子能把人的魂魄勾去。

水仙身上那条百褶裙很长，几乎盖住了脚面。上身一件月白色小袄，她的腰真细啊。三少爷已经揽住了水仙腰，我担心它会断。这次，车夫也一起进去了，关门的时候，车夫还冲我眨了下眼。

我只得一个人在胡同里瞎逛，这时见黑子走过来，旁边是小月，也是我同班同学，长得又黑又瘦，根本不像个女孩。我问他们怎么不上学。小月说："你生病生傻了吧，今天是礼拜天。""我说呢，今天胡同里的人很少。""那你也不知道你爸你妈上没上班？"小月嘲笑地问。我根本不知道他们起床没有，从那次去医院复查完了，知道我恢复得不错，妈就不大管我了。好像她只在乎我身上的病似的。

黑子对着小月的耳朵说了什么，我瞪了黑子一眼："好事不背人。"小月听我这么说，赶紧道："不是说你，是说你爸和你妈呢。"我问："我爸和我妈怎么了？"黑子捂着嘴笑。我很生气，转身要走。小月埋怨黑子："你快点告诉她吧，她心脏有病，不能生气。”黑子说：“嗨，不就是你爸你妈要给你生弟弟的事吗。”我很惊奇。黑子说：“没什么奇怪的，我爸说你妈晚上叫得太厉害了，整个胡同都听得见。”我还是不明白，但我不愿意让黑子知道我不懂他的话。可他已经把秘密告诉我了，我就不能再生气了。我说：“那好吧，咱们一起玩。”

黑子让我和小月跟着他走。出了胡同的南口，往右拐，看见道弯胡同，黑子说：“咱们去按门铃玩吧。”道弯胡同里住着一个大官，严格说他家住马大人胡同，道弯胡同只是他家的后门。他家的前门有警卫和车库，这对于近旁几条胡同里的人都是很新奇的事情。当然，从没有人进过他家的院子，也不知道当的什么官，反正是大官。但我们喜欢按他们家后门的门铃，因为所有的人家都没有那玩意儿，对我们来说太新奇了；而且按完了，我们可以很快跑掉，道弯胡同有很多弯，不怕跑不掉。

我和小月躲在一边，黑子去按门铃，可他还没够着门铃，那个绿色的小门突然开了，一个穿军装的人瞪着他吼道："我就在这等你的！小坏蛋！"黑子像条泥鳅似的，一闪身，从那人的胳肢窝底下溜了。黑子跑过我和小月的身边的时候，只感觉到一股风刮过，然后他就转过一个弯不见了。那穿军装的人还在门口喊叫，我和小月互相看了一眼，也跟着撒腿跑。我只觉得两腿发软，跑了没几步就浑身没劲，然后两眼一黑什么都不知道了。

醒来的时候，已经躺在自己的床上，奶奶、爸、妈都围着我，竟然还有三少爷！见我醒了，三少爷说："没事了，就是因为心太急，身体还没有完全康复，一时休克，休息休息就好了。"然后对我说："你竟然跟着黑子跑，他几乎是个野人。"大家都笑了。三少爷往外边走，妈和爸站起来送他，听见妈一个劲说："真是打搅您了，快回去吧，耽误您休息了。"

我问奶奶："岳叔衡怎么会来的？"奶奶说："他是大夫啊，胡同里就这么一个大夫，他不来谁来？"

妈和爸回到我屋里，妈说："以后别跟黑子一起玩了，还有小月，野丫头一个。"爸说："那你让她跟谁玩，一个人闷在家里怪可怜的。"

我悄悄问奶奶："怎么连黑子都知道我妈要生弟弟的事了？"

奶奶想了想说："那八成是人家猜的吧，你想啊，你都快10岁了，人家就想，也该添个弟弟了。"

我问："怎么就知道是弟弟，万一是妹妹呢。"

奶奶连忙堵我的嘴，还说："看这孩子尽瞎说。"

第二天中午，黑子来了，说他妈让他来道歉。我说没关系，是我自己身体弱。黑子在我屋里四处乱看，说："你家可真好，你自己有一个屋子，我们家就两间房子，我爸我妈一间，我和我哥一共三个人睡一张床上。"

我说："怎么每家都不一样呢，我真想看看岳叔衡家什么样。"

黑子说："我才不想看呢，请我都不去，有什么啊，不就是个卖药的嘛。”

我问：“怎么是卖药的？”

黑子说：“你连这个都不知道，他们家怎么发的，就是卖药卖的，听说他们家地窖里藏着好多鹿茸牛黄什么的，值很多钱。”

这些我都是第一次听说，而且黑子懂那么多，心里有点佩服他了。

黑子走到门口，一副要走的样子，突然说：“我知道你喜欢岳叔衡，可那没用，你一个小屁孩儿，等你长大能当他媳妇儿了，他儿子都能喊你姐了。”说完，黑子走了。

我听见黑子出大门的时候，狠命地摔了下门，咣当一声。

奶奶在院子里喊：“黑子！你把我大门摔掉了，我找你妈去。”

一天晚上，妈让我去跟她裁衣服。妈拉着我的手，出了胡同，再往南走，就到了隆福寺街，我知道那个满仓裁缝铺，妈常去那。裁缝铺真小，只有一架缝纫机，那个叫满仓的男的脖子上搭了一条皮尺，左耳朵上夹一支铅笔，不时拿下来写写画画。已经有两个女的在里边，她们是来做连衣裙的。见妈进去，满仓招呼道："您先等会，马上就给您量。"妈说："您先忙着，我们在外边待会。"说完，妈拉着我出了门。

碰上个卖江米碗的，我要吃，妈让我挑；我挑了半天，选中一个绿色的和一个粉色的江米碗，妈给了那人五分钱。

我舍不得吃，拿在手里看。就听见满仓喊我妈："王太太，王太太，您来吧。"我们再次进到裁缝铺的时候，缝纫机前坐着满仓的老婆，见了妈点头招呼："有日子没见着您了，老太太好吧。"妈说："托您的福，都好。"她问妈是做旗袍吧。妈点头，说穿惯了，不习惯穿连衣裙。满仓老婆说："就是啊，您穿旗袍好看嘛。"

妈把料子从手上的袋子里掏出来，满仓老婆一声叹："哎呦，这是哪淘换来的，上等的好绸缎。"满仓也点头说："是块好料子。"

满仓问短袖还是长袖，高开叉还是低开叉。满仓老婆接着蹬缝纫机，我站在她旁边看。满仓老婆问我上几年级了。我说三年级。问是不是红领巾。我点头。问上学好不好。妈在一旁说："这孩子不喜欢说话，话在嘴里像金豆似的，倒一颗都舍不得。"把满仓和他老婆都逗笑了。

裁完衣服往回走的时候，妈问我喜欢小弟弟还是小妹妹。我说："都行。"妈又说："你比他大好多，到时候可别欺负他啊。"我想：妈怎么跟我说这些呢，好像他已经生出来了。

过了些日子，妈说要去医院，我问："不是刚复查完吗？"妈说是她自己需要看医生。我吃惊道："您生病了？"妈笑道："没有，不算病。"我很好奇，没病去医院干吗呢。

爸上班后，妈就开始梳妆打扮。我站在一旁看。妈还用丝线在脸上滚，妈告诉我那是绞脸，出嫁的人都要做这件事。我问奶奶怎么不绞脸。妈说太老就不行，皱纹太多。我问为什么皱纹多就不能绞脸了。妈说因为脸就不平了。我又问为什么要绞脸。妈说因为绞脸显得人很干净整洁。我不再问了，妈也松了一口气。

我隔着窗户看见奶奶站在院子里等，无冬历夏，奶奶的小脚上总穿着自己做的灯芯绒鞋，用一长条黑布扎着裤脚。我从未见过奶奶的脚，有一次我问奶奶的脚什么样。奶奶吓唬我说："不能问这个，留神你爸揍你。"

奶奶站在院里冲我招手。妈终于梳妆完毕，领着我走在前边，奶奶跟着。

六月的天气不热，尤其早上，很凉快。阳光轻松地照在胡同里破旧的墙上，凹进去的地方就会留下阴影，我总觉得里边会有小虫子寄居着，它们一定能看到我们所有的人。

奶奶不停地跟胡同里的人打招呼，有时会停下来说几句。奶奶几乎用一种兴高采烈的声音对询问的人说："去医院，检查。"那些老太太似乎都十分聪明，只听奶奶一说去医院，她们马上就恍然大悟地说："那就先道喜了。"

我们在 6 路无轨电车站等车。我看见绿色的车摇摇晃晃地过来了，当它扑哧一声停下来，人群都围在车门处，奶奶对妈说："咱们再等一辆吧。"第二辆车等了好长时间，等到了协和医院，都快十点了，正不知去哪挂号，却看见了三少爷，旁边还走着一个女人，我知道那是水仙，可妈和奶奶不知道。妈和奶奶上去跟三少爷打招呼。妈说："哎呀，叔衡，这么巧遇到你。"三少爷看看我，又看看身旁的水仙，不知道说什么。奶奶说："这就是你相好的吧，人可真俊啊，像戏里的人。"我心里说：她就是唱戏的。我猜奶奶知道水仙是干吗的，成心这么说的。

妈可能真的不知道水仙，她整天除了旗袍就是跟爸吵架，要不就去幼儿园上班。

我不明白奶奶和其他胡同里的人，为什么不喜欢唱戏的，但我喜欢；还有，既然很多人都不喜欢唱戏的，为什么都喜欢去吉祥剧院看戏呢。

三少爷问是谁看病。奶奶对着他的耳朵小声说了什么，三少爷“哦”了一声，说让跟他走。

三少爷和水仙走在前面，穿过宽大的走廊，三少爷不停地跟迎面的大夫们打招呼。不知道拐了多少弯，走到一个门前停下，让我和奶奶在外边等。三少爷让水仙先进去，然后让妈进，最后自己才走进去。

一会，妈手里拿着一个精致的小瓶子出来，说是验尿，就进了厕所。然后我们就跟着去化验室。半个小时结果出来了，拿着又去找三少爷，三少爷看看化验单说：尿检是阳性，就是说您怀孕了。我看见奶奶双手合十，嘴里念声“阿弥陀佛”。妈反而没奶奶那么兴奋，她只说声谢谢叔衡，然后脸上挂着笑，看着兴奋异常的奶奶。奶奶把三少爷拉到一边说："多亏你在医院里，哪天来家里，让她爸爸陪你喝几杯。"三少爷说："您别客气，街里街坊的，我就能帮这点了。"然后又说："三个月以后别忘了来医院检查。"奶奶说："会的，忘不了。"

晚上，饭桌上除了平时的两个菜以外，又加了红烧肉和韭菜炒小虾米。没想到，妈一闻到韭菜味，突然干呕起来，吓得奶奶赶紧端回厨房了。爸用手抚摸着我的后脑勺说："这下秀要当姐姐了，以后要哄弟弟玩啊。"我往嘴里塞了一块红烧肉，肉的香味还没在嘴里散尽，我突然说："万一是小妹妹怎么办，难道你们就不要她了？"

我感觉到一阵安静，好像我周围的一切突然停止。过了一会，爸说："怎么可能呢。"他的声音很小，奶奶甚至没听见。我听见了，但不明白，是生女孩不可能，还是生了女孩不能不要。最后妈说：

“生了女孩就掐死她。”说完，扔下筷子往北屋走去。

过了两天，三少爷来了，手里还拿着一个小包。我听见奶奶在院子里大声打招呼，然后把他往北屋里让，还冲着我的屋子说：“快出来，来客人了。”

我从屋里蹿出来，往北屋跑，见三少爷正打开手里的小包对奶奶说：“这是一点西洋参，给秀妈补身子用。”奶奶说：“哎呦，这可承受不起，在医院已经给你添了麻烦，这又让您破费。”三少爷轻松地说：“不算什么，是我留洋的时候从美国带回来的，我爸不信这个，他喜欢咱们的东北山参，可他不知道西洋参的好处，对女人尤其好，是温补，不会上火的。”

我喊一声：“岳叔衡。”奶奶瞪我一眼说：“没规矩，名字是你喊的。”三少爷说：“名字就是给人叫的。”奶奶对三少爷说：“甭着急回去，在我们家吃晚饭，一会她爸就回来。”正说着，妈回来了，见了三少爷，看见桌子上的西洋参，又是一番客套话。

大人的话可真多，他们说了那么多，我一句话都插不上。只好去院子里待着。我躲在石榴树下边，数树上的小石榴，但耳朵却支棱着听着堂屋里妈和三少爷说话。奶奶去了厨房，我猜是忙着做饭，想留三少爷吃饭。

我突然听见妈说："那要恭喜了，说不定跟我一起生呢。"

我赶紧走到堂屋的窗根儿底下，听三少爷说："到现在我爹还没答应让我们结婚，所以这孩子……"

听见妈叹了一声道："你爹也是忒固执了，戏子怎么了，他不是也喜欢听人家唱戏？合着想听戏的时候让人家来，专门给他老人家一个人唱堂会，人家肚子里都怀上他孙子了，哪有不让进门的道理。"

我想听三少爷说什么，可等了半天他什么都没说。我觉得三少爷真让人憋气，跟以前的三少爷简直判若两人。这时候爸回来了，手里拎着一条鱼。

我叫声爸，爸听见北屋的说话声，问谁来了，三少爷已经迎出来，爸让我把鱼送到厨房去。我把鱼扔到案板上，想赶紧回去听他们说话。奶奶却喊住我，让我帮她择菜，我只得耐着性子择菜。奶奶问我他们在说什么呢。我说："水仙怀孕了，叔衡他爸不让娶她。"奶奶吃一惊道："有这事？"

饭差不多做好了，妈来厨房说："叔衡要走，您跟他说一声。"奶奶赶紧颠着小脚过去，我跟在后边。奶奶说："怎么能不吃饭呢，都准备好了。"三少爷说："不用了，晚上医院里还有夜班，我去医院吃。"走出院门的时候，爸对他说："你放心吧，我抽空就过去。"

原来三少爷是来让爸为他求情的。奶奶说："不好管人家的事情，再说岳家在京城里恐怕也算是大户，咱们跟人家说不上话。"妈说："可人家叔衡亲自跑咱们家，面子上也不好驳。"我心里很想让爸去，我虽然有点嫉妒水仙，可我希望三少爷能跟她成，而且他们都已经有了孩子，他们俩要生出孩子，得多漂亮啊。

爸最终去了岳家，是领着我一起去的。我猜爸是因为不至于太尴尬，才让我跟他去的。岳家的管家听见敲门声，探出个脑袋，见是我们，满脸是笑问："是找老爷吧，您请进。"我很奇怪他怎么知道是找岳东升的。

岳家院子真大啊，在外面根本想象不到院子能有这么大。院子里好多树，我叫不出名，但其中一棵石榴树，还有一棵枣树我认识，我们家院子里也有。院子中间还有一座假山石，那是我在公园里才能看到的。假山石的池子里有水，有好几条很大很漂亮的鱼在里面游着。两层小楼比在外面看着高，玻璃都很明亮，绿窗户，红柱子，整个楼显得很新，好像刚刷过油漆。管家已经通报了，我看见岳东升已经站在门口。像往常一样，他穿一身很干净的衣裤，白底子带团花的，就是妈很喜欢的那种绸子。

一双黑布鞋也很干净，布鞋的边很白，好像他从来不走路似的。岳东升冲着爸抱拳，然后说：“高邻，有失远迎。”爸也客气，说：“打搅您了。”

屋子也很大，我不记得见过这么大的屋子，屋子里的摆设大多也是我从没见过的，但都是那么干净整洁，椅子上的座垫都是绸子的，让人不敢坐。屋子里有一股香味，我记得过节的时候，妈会买些纸香回来，点燃，插在屋里。我很喜欢有香味的屋子。听岳东升对管家说：“看茶。”管家出去了，一会，一个老太太端了一个茶盘进来，上边放着两杯茶。爸赶忙说：“小孩子不喝茶，不用客气。”岳东升对我说：“听说你做了手术？可要好好休息，要不就耽误学习了。”然后对我说：“去院子里玩吧，我跟你爸说话。”

我希望在院子里碰到三少爷，但我知道他去上班了。我碰上了三少爷的两个妹妹红鸾和红缨。

她们都穿着很干净的衣裤，脸上都带着笑容，是那种无忧无虑的笑。我问她们为什么不去上学。她们俩捂着嘴笑，然后说：“我们都初中毕业了，不用再上了。”我问她们不想上高中大学什么的。她们还是笑，然后摇头。我问：“那也不工作？”她们说：“不用。”我奇怪道：“可胡同里的人都去工作，我妈说不工作就没饭吃。”红缨说：“可我们有饭吃啊，所以不用。”红鸾问我长大以后干什么。我说还没想好，不过我不想当医生。她们又捂嘴笑。我不懂她们为什么总是笑。

这时爸从屋里走出来，岳东升跟在爸身后，一个劲说：“高邻有空一定来府上，我们谈得很投机。”爸说：“也请您有空去寒舍坐坐，看看我们普通人家怎么过日子的。”

因为去了岳家，我心里很高兴，再看爸那股高兴劲，岳东升恐怕已经答应了三少爷的婚事，虽然心里有些落寞，但还是为他们高兴。

回到家，见妈和奶奶站在院子里闲聊，我猜她们是等我们，一见我们走进院子，妈赶紧问："谈得怎么样，岳东升答应了？"爸说："难说，他总是闪烁其词，也不说不行，反正就是没有痛快话。"停了停说："人家是大户人家，怎么能听咱们的，叔衡想得出来，让我去给他当说客。"说完，往北屋走。妈跟进去。

剩下我和奶奶站在院子里，奶奶问："他们都怎么说的？"我说："不知道，我在院子里跟红鸾和红缨玩来着。"奶奶问："岳家什么样？院子大不大？"我点头，说："您想看就去看啊，他们家人都挺和善的，红鸾还让我想去就去。"奶奶说："他们是那么说，这胡同里谁去过岳家？就算街道上有事，也是站大门口说完就走人。"

一个礼拜过后，三少爷来家里，像是霜打了，对奶奶说："我爹还是不同意。"奶奶说："你等等吧，一会她爸就下班了，看他还有什么办法。"三少爷说："不了，我还得去医院值班。"我追出去问："那你打算怎么办？”三少爷看看我，反问道：“你说我应该怎么办？”我想了想说：“你可以偷偷跟水仙结婚，然后搬出去住。”三少爷笑道：“你还真有主意。”说完，走了。

不知道三少爷是不是真的认为我的主意好，但我感觉到他不会照着我说的去做，这个世界上小孩说话不算数，即便说得对也没人听。

爸回来得很晚，奶奶急得像是热锅上的蚂蚁，妈拿了一把蒲扇，在院子里走来走去。奶奶说：“留神脚底下，别摔了。”爸回来了，进门的时候绊了一下，嘴里小声骂了一句。奶奶问爸吃饭没有。爸说在单位随便吃了点。奶奶跟在爸的身后进了北屋，见我也跟着，就对我说：“快去睡觉，小孩别管大人的事。”

我只得往我屋里走，妈站在院子当中，看着我说：“等小弟弟生出来就好了，你就有伴了。”

我躺在床上，想着发生的一切，似乎感觉到有个很有力量的人控制着所有的一切，包括岳东升、三少爷、爸、妈，甚至黑子和我。谁想怎么样都不行，必须顺从着那个有力量的人。我听着院子里的脚步声，我知道妈还在院子里，她怎么不去睡觉呢，莫非肚子里的小弟弟不让她睡？

我听见有敲窗子的声音，是妈。我说："门没锁，您进来吧。"妈走进来，让我别开灯。好在月亮又大又亮，不开灯屋里也很亮。妈走得很慢，我猜她是怕摔倒，如果她摔倒了，小弟弟也会摔倒吧。

妈坐在床头，摸着我的头。我感觉到妈今晚心里有什么事情，但她肯定不会跟我说的。妈问我睡着了没有。我摇头说："你们都不睡，我也不想睡。"妈说："小孩怎么跟大人比啊，你不睡觉，长不快的。"我问妈："你们怎么知道是小弟弟的？"妈叹口气说："那是愿望，谁知道是小弟弟还是小妹妹。"我追问："如果不是小弟弟呢，就不要她了？"妈想想道："哪能不要啊，就是个小猫小狗也得养着。不过……”

妈不说下去的原因我猜得出来，我很明确地感觉到，家里所有的人都希望是小弟弟，似乎如果不是小弟弟，天就要塌下来了。

妈说这世界上很多事情我还不能理解，等我长大了就知道了。我说：“就是长大了也不想知道那些事。”妈笑了，最后妈说：“听说小孩子的话很灵验的，秀，你告诉妈，里边是弟弟还是妹妹？”说完，妈用手指着自己的肚子。我看不清妈脸上的表情，但我知道妈是多么希望我能够决定一切。我不忍心让妈失望，说道：“当然啊……是小弟弟，我知道……”

第二天，爸一早就走了。快中午了，妈还没起床。我悄悄走到妈床边，见地上的尿盆还没倒，我正想妈肯定要让我去倒尿盆，奶奶突然走进来，二话没说，端起地上的尿盆往外走，一边走一边唠叨：“大白天的，尿盆子还摆着。”我问妈是不是生病了。妈笑着说："没有，就是累了。"我问："那今天不上班了？"妈点点头："在家陪着你玩。"我高兴道："那你带我去公园？""去哪个？景山？北海？"我想想说："景山吧。"景山离家近，走二十分钟就能到，北海要乘公共汽车，八成奶奶会阻拦。

奶奶不会跟我们去，她的小脚限制她的行动，她只能在家待着，顶多去胡同口菜车上买菜。但她很想去，我看见奶奶眼睛里那种渴望和无奈的神情，心里一阵发酸。

我和妈走在去景山的路上，我问妈是谁让奶奶缠的脚。妈说："她妈呗。"我问疼不疼。妈说怎么能不疼，骨头都断了。我的心好像被烫了一下。又问："那您怎么不缠呢？"妈说："我生在北京城里，我爸开明，再说我生的时候已经过了缠脚的时代了。"

我们从东门进去，对景山熟悉得不能再熟悉了，从我懂事，妈经常带我来。所以妈问我往哪边走。我不喜欢看见那棵皇上上吊的歪脖树，所以我指了指右边。走到一半的时候，我说上山，妈很犹豫，我坚持要上。无奈，妈跟在我后头上了山。

到了万春亭上，妈心情一下好起来，指着金碧辉煌的故宫说："瞧，多漂亮，多阔气。"妈突然说："要是给你生个妹妹，我就带着你回姥姥家住去。"我想问为什么，可看见妈突然皱起的眉头，就不敢问了，我有点后悔让妈来景山，如果在家里，妈心情不好的时候，我还可以去胡同里找黑子他们。下山的时候，妈不小心摔了一下，回到家妈就躺到床上。

我躲在自己屋里不敢出去，因为奶奶一个劲高声埋怨不该去景山。她完全把自己排除在外，忘了她还那么想跟我们一起去。奶奶拉开我的门时，我的心都要跳出来了。奶奶对我说："看看，你妈出血了，要是把弟弟流掉了，看你爸怎么收拾你。"我说："万一不是弟弟呢。"奶奶抬手想打我，到了半空落下来了。

奶奶去胡同里找三轮车，一会，一辆平板车停在大门外。蹬车的是胡同里二丫的爷爷。奶奶让我看家，爸还没下班，让我一会告诉爸。我不干，其实是不敢，一个人待在一座空院子里，就是把所有的灯都点着，我也害怕，怕鬼。无奈，奶奶只得锁了大门，跟旁边五号院的人打了声招呼。

爸赶到医院的时候，妈已经住进了妇产科的病房。去诊室的时候，妈提到三少爷。值班大夫说："哦，是岳大夫的病人，那先住院吧。"爸来的时候，奶奶让他去办住院手续，爸牵着我的手往住院部走。见我走的时候一蹦一跳的，就说："看来你的病已经好了，过了暑假看能不能让你去上学。"我说："老师说了，休学就休一年。"爸没说话。

爸办完了住院手续，我和爸往病房走，突然看见三少爷从一个门里出来了，看见我们，三少爷有些吃惊。爸说了妈的情况，三少爷赶紧跟着爸一起朝病房走。到了病房，奶奶喜笑颜开道："这就好了，叔衡来了。"妈说："其实就是出点血，没什么，哪那么娇气。”

三少爷说：“住院观察几天，没问题再出院，稳妥一些吧。”爸把三少爷叫到一旁，低声说：“能知道怀的是男是女吗？”三少爷说：“不能。”停了停说：“现在美国有一种机器可以测出男女，但我们国家还没有。”爸急道：“那什么时候才能有呢？”三少爷说：“不知道，不过我觉得最好永远都不要有。”

我和爸、奶奶从协和医院往家走的时候，已经到了半夜，路灯很暗，奶奶走到米市大街就走不动了，爸只好背着她。爸扭头让我跟上，又说我是个捣蛋鬼，没事去什么景山。我不敢出声，知道自己闯了祸。走了一会，爸把奶奶从肩膀上放下来，歇了一会，又背上奶奶。

爸说三少爷心情不好，岳家老爷子还是不松口。奶奶在爸的后背上一摇一晃地说：“那老东西真犟啊，他怎么就是不通情理呢。”

爸说：“大户人家有大户人家的考虑，咱们不懂”。奶奶说：“再大，也是人啊，总不能大到没了人性啊。”爸说：“您就别埋怨了，又不是咱们家的事。话说回来，您这是在京城里说话，您忘了我那个叔伯弟弟，家里不同意那门婚事，还不是跳了井。”奶奶这才不言语了。

刚走了几步，奶奶又开始数落：“叔衡也是太年轻，办事不稳当，明明知道他爹那么犟，还让你去说和，自己已经做下那样的事，别人去说管什么用。”

爸摇头说：“那倒也没什么，大家都知道岳东升的为人，再说三少爷是个好人，我要是拒绝他，显得我太小气。”

过了几天，妈从医院里出来，奶奶却又住进医院了。我埋怨说：“就是那个街道老太太，让奶奶参加什么身体普查，要不奶奶也不会住院的。”妈笑着说：“这傻孩子，要不是普查，也不会发现奶奶的病，过一段时间，奶奶的命就没了，咱还得感谢人家呢。”

奶奶一住院，家里显得很空，即便换成了妈在家，也没有奶奶在的时候热闹。其实妈做饭也很好吃，但妈身上的味跟奶奶不一样，奶奶的身上虽然有点发酸，但总让我感到安全和踏实，而妈的身上香喷喷的，让我觉得整天云里雾里，不知道干什么好。

爸天天回家很晚，妈一问他，他就说去医院看奶奶了。但我都闻到他身上一股香味，那不是属于奶奶的味。可我觉得爸有些笨，如果妈问奶奶，他的谎言不就被揭穿了。

妈比我更清楚，只是表面不动声色，我看得出她心里有多烦，可她居然不跟我发火，白天就只有我和妈的时候，她对我更好。爸回来的时候，她只是比较冷淡，避免跟他交谈，一个劲问我想吃什么。我宁愿她跟我发火，那样她心里可能会好受些。

我问奶奶得的什么病，不会死吧。妈说："幸好发现早，要不真能要了命的，那是癌症。"

我头一回听说癌症这词，我没觉得有什么可怕，相反因为第一次听说而竟然有几分新奇。妈突然嘱咐我，让我见到奶奶的时候不要对她说这病。

半夜，我被一声尖叫惊醒，心脏跳得像只小兔子。等我竖着耳朵听的时候，竟是一派静默。我想出去看看是不是妈和爸在打架，而且妈的肚子里小妹妹还在睡觉。不知怎么，我认定妈肚子里的是妹妹。

第二天我醒来的时候爸早走了，我看见妈面容有些憔悴，但我不敢问。妈给我蒸了香喷喷的鸡蛋羹，跟奶奶不同的是，妈撒了点虾米皮，她说这样更有营养。

妈突然说："以后咱们娘俩一起过日子，你喜欢不喜欢？"

我愣了，一时不知道怎么回答。半天，我说："那小弟弟呢？还有奶奶……爸……"

妈说："我就带着你过，剩下的你爸管。"

中午，黑子来了。我问他下午还上课吗。黑子说：“没课，快放假了。”问我心脏还跳不跳了。我说：“心脏不跳，人早死了。”

黑子说：“嗨，反正我妈说的，心脏病就是心脏猛跳，跟一般人不一样。”我说：“我已经好了，做完手术就好了，再过一段时间跟你们一样可以跳大绳什么的。”

黑子小声问：“你还喜欢那三少爷啊。”

我推黑子一把，说：“去你的，就喜欢就喜欢，看你怎么着。”

黑子说：“你喜欢就喜欢呗，我才不会管呢，岳叔衡也就把你当个小屁孩儿，人家正眼都不看你。”

我反驳说：“才不是呢，我还去了他家，跟红鸾和红缨玩呢。”

黑子说：“那有什么，那你也不是他们家人，没用。”

我说：“我根本就没想当他们家人，当他们家人就得憋死。”

黑子说：“那个岳叔衡因为不能跟那个女的结婚，已经跟他们家断绝关系了。”

我说：“你就瞎说吧，我怎么不知道，他怎么没告诉我们家人啊。”

黑子说：“他干吗要告诉你们家人，你们家人跟他什么关系啊，那是人家自己的事。”

我心里很不服气，我觉得无论怎样，三少爷跟我们家都应该无话不谈。黑子走了，我去找妈。妈听了笑道：“就算人家断绝关系，也没咱们的事，咱们只是邻居，他需要帮忙的时候，咱们就帮一下，帮不上也没辙。”

我跑到胡同里转悠，没准能碰到三少爷，我一定要问个明白。

胡同里一点风都没有，空气里飘着一股饭味，显得整条胡同都很懒散，好像这里什么都发生不了，一切都是平和安静的，除了吃饭过日子，压根就没有坏人。我往岳家的小胡同里走，希望能碰到岳家的人，哪怕是红缨。

我没碰到任何一个岳家的人，连那个管家都没见着，岳家的大门紧闭，把那个大院子与胡同完全隔离开，我感到岳家的无情，他们的生活跟我们的相差太大，里面似乎每时每刻都在发生着我们无法理解，也无从理解的事情。

下午的时候，住在胡同南口的孙家传来口信，说协和来电话了，让明天去医院接奶奶。孙家有个公用电话，附近好几条胡同都用这个，所以邻居们都巴结孙家，怕有急事被他们耽误了。

妈赶紧去胡同里问平板车，看谁家的闲着。跑了几家，都说明天有事，急得妈什么似的。我问妈：“干吗不去马路上拦辆马车。”妈拍脑门子说：“瞧我，都急昏头了。”

我不知道爸什么时候回的家，反正第二天他没去上班。

爸拉着我的手去隆福寺街里吃早点。我问干吗不让妈一起去。妈赶忙说："我想歇歇，你们去吧。"

爸要了炒肝儿，两个烧饼，我喜欢豆面丸子和糖火烧。吃完了，爸说去给单位打电话，告诉他们今天不能去上班了。我说："要是您想去，我和妈去接奶奶。"爸摇头说："她是我妈，我必须去。"

我和爸去老孙家打电话。老孙家有好多孩子，没人能说清楚到底多少个。最小的还吃奶，最大的已经工作了。爸推门进去，我跟在后头，一股骚味扑鼻而来。我退出来，站在胡同里等爸。一会，爸出来了，说："这屋里太吵，他家最不适合安公用电话了。"

下午，爸去街上拦了一辆马车，爸不让妈去，妈要去，最后弄得很不愉快。我不明白爸为什么不让妈去，他说是因为妈怀孕，可我感觉到爸说谎，从他的表情上能看出来。最后妈一个人待在家里。

我和爸把奶奶从医院接回来已经到了晚上。妈已经把饭准备好了，见我们走进来，高兴道：“可回来了。”我喊着饿，就往厨房跑。妈跟奶奶说着话往奶奶住的屋子去了。等我拿着一块馒头从厨房跑出来，却见三少爷正站在院子里跟爸说话。我走过去，站在爸旁边听着。

只听三少爷说：“我不在乎那孩子是不是我的，我可以抚养孩子。”

爸没说话，低着头沉吟着，一会，爸说：“你现在年轻，也许等你上点岁数就不会这么想了。”

三少爷很激动，脸都红了，说：“我是不会改变的，你不了解我。”

爸说：“可你有时候也要顾虑一下长辈，你爹你娘他们可都是为你好的，他们让你留洋，就是想你光宗耀祖。”

我突然觉得爸老了，爸说话的腔调跟岳东升一样，或者说，爸是按照岳东升的想法劝三少爷的。我不想让爸说下去了，就喊饿。三少爷也就告辞。

吃饭的时候，奶奶说："还是家里好啊，在医院里都把人憋死了。"我问奶奶打针疼不疼。奶奶逗我道："不疼，舒服着呢。"

奶奶问爸三少爷怎么样。爸说："那孩子真拧啊，怎么劝都不行。"妈说："爷俩较着劲，什么时候是个了啊。"

我忍不住说道："我觉得三少爷没错，他喜欢水仙，水仙也喜欢他，喜欢的人就该在一起。"

我被爸喝住："住嘴，小女孩子不许说话。"

爸从来没这样对我，眼泪一下子流出来了。奶奶埋怨爸："你干吗啊，对孩子这么凶。"

妈把我从饭桌上拉起来，揽着我的肩膀朝我屋里走。听爸在后头说："你惯着她吧，看她将来能有什么出息。"

妈不理爸的吼叫，等我们进了屋，妈还故意把门闩上，对我说："不让他进来。"我看着妈，笑了。

我对妈说："爸好像跟以前不一样了。"

妈说："没有啊，他以前就这样，你别往心里去。"

我说："他是不是特别想要男孩？是不是觉得我是女孩，他心里很不高兴？"

妈很吃惊，瞪着眼，目不转睛看着我，好像不认识似的。

半天，妈的目光才变得柔和，说道："你以后慢慢就会懂得的，现在跟你说不明白的。"

我突然问妈："岳叔衡真的会因为水仙离开家？"

妈笑着摇摇头说："不清楚，那是人家的事，关起门来过日子，一家有一家的过法。"妈又说："你小孩子家家的，最好别管大人的闲事，麻利儿把身体养好，想着明年怎么上学。"

晚上躺在床上，想着爸和妈说过的话，突然听见北屋妈又叫了一声。我知道他们又在做大人做的那件事了，我想不出那件事情为什么那么重要，因为一切的一切似乎都跟那件事情有关，比如我的母亲，她的生活里最重要的事情就是生男孩和穿旗袍。

如果她生了一个男孩，我想她会从父亲那里得到更多做旗袍的布料。但她如果不跟爸做那件事，肯定不会生的。还有三少爷，他们如果没做那件事，水仙也就不会怀孕，三少爷也就不会这么着急了。

奶奶出院以后，还是像以前一样干这干那的，一点都不像得过病的。但每个星期奶奶都要去医院治疗，听妈说奶奶会掉头发的。我问为什么，妈也说不清。但一个月过去了，奶奶并没有掉头发，妈高兴道："看来奶奶的病没什么大碍。"

可去医院一检查，说比以前严重了。妈吓得脸都变色儿了。

回到家跟爸说了，爸说："原来家里就有个姨是得这个病死的，看来是家族遗传。"

我心里很害怕，怕奶奶真的会死，如果这个家里没有奶奶会怎样？一家人整个晚上都没睡好。

第二天中午刚吃完饭，听见有人敲门。妈去开，竟然是岳家的管家。妈把他让到堂屋，岳家管家说：

“三少爷好几天没回家了，老爷急得什么似的。”又说：“老爷让我来求求秀她爸帮忙去医院找找。”

妈说：“她爸上班去了，回来就得晚上。”

管家从兜里掏出个玉扳指儿，绿得让人眼晕，一看就是宝贝。妈赶紧说：“这可使不得。”岳家管家说：“老爷一定让留下，一点小意思，再说，我们总这么叨扰你们，老爷心里实在不过意。”

爸回来看到这个扳指就埋怨妈不该留下，好像咱们为他们做事是图报酬。没想到奶奶一旁道：“怎么就不该留下？他们家那么有钱，这么一个小扳指算什么。”

爸看了奶奶一眼，没言语。一会，爸一副出门的样子。奶奶问去哪，爸没好气说：“那小扳指不算什么，我这两条腿也不算什么。”说完走了。

妈让我赶紧睡觉，我哪睡得着，等着爸从医院回来，我想知道三少爷的情况。

我躺在床上，瞪着眼睛，俩耳朵仔细听着大门的动静。但只有胡同里过路人留下的脚步声。我不知不觉睡着了，看见三少爷笑眯眯地朝我走来，我问他这些天去哪了。他只是笑，一句话都不说。他路过我身边的时候像是看着别处。我才明白他不是冲我笑，也不是朝我走的，我扭头往后看，却见水仙站在不远处，一条百褶裙盖住脚面，腰还是那么细，根本看不出怀孕。我想：谁说她怀孕了，没准是瞎说的。可这时只见水仙脚底下一滑，摔倒了，三少爷拼命喊着水仙。我被惊醒了。

看来爸回来了。我看见北屋廊檐底下的灯都灭了，如果爸没回来，廊檐下的灯是不会灭的，这是奶奶的习惯。我先看看几点了，但屋里很黑，根本连表的轮廓都看不清。

第二天，爸起来晚了，吃早点的时候，爸冲我笑，我觉得爸的笑容很不自然，好像做了什么亏心的事。他把油条放在豆浆里泡着，然后吃咸菜丝。我问妈今天上不上班。妈摇头，说身体不太舒服。

我看见妈的肚子明显大了，她已经不能穿旗袍，而随便穿了件好像是爸的衣服。

我真想知道三少爷的情况，妈说：“小孩子打听大人的事干吗，好好养你的病。”我说：“我病已经好了，不需要养了。”妈打断我：“你别让你爸听见这话，回头他让你上学去。”我说：“他知道我没法上，只能等明年。”

妈不理我，她没话说的时候就假装没听见我说的。

但我还是能从爸和妈的只言片语中猜到些什么。至少我知道三少爷住在医院里，反正那里有的是床，根本不愁没地方睡觉。妈听了我这话笑得不行，说：“那么些床也是病人用的。”

爸去了岳家，这次他没带我去。自从那次在饭桌上凶我，他就懒得搭理我。但我自己走到岳家大门口，正赶上红缨出来，问我怎么不进去。我摇头说：“不想进去，就在这待会。”红缨说：“那你跟我去买针吧。”

红缨拉着我的手往胡同外走。红缨的手真软啊，我从没接触过这么柔软的手。

我问红缨干吗买针，红缨说绣花用。我问绣花干吗。红缨笑道：“你简直是十万个为什么。”我问什么是十万个为什么。红缨笑得喘不过气来。

我问红缨你三哥回家没。红缨说：“你小孩家家的，管他干吗。”我说：“我喜欢他呗。”

红缨笑得腰都直不起来了。笑完了说：“你喜欢他干吗，就知道看病人，满身都是消毒水味。”我说：“我喜欢闻消毒水味。”红缨又是一阵笑。但她笑的时候总是用手捂着嘴，我只能从侧面看见她雪白的牙。我说你干吗不露牙啊，你的牙多好看。

红缨一根一根地挑针，我看见她专注的样子很好笑。买完了针我们往回走，我问她除了绣花还干什么。红缨想了想：“有时候帮着厨房里做饭，但一般不去，我们家有两个厨子。”我说：“你们家可真阔气啊。”红缨只是笑。

我们刚转过弯，就看见爸往家走，我跑过去，拉着爸的手，爸看看红缨看看我，问：“你们干吗去了？”红缨叫声叔叔，然后就笑。我说去买针了。

回到家，我等着爸跟妈说去岳家的事。可爸就是不说，妈跟着爸到了北屋，这时候正好奶奶在厨房喊我，我只好去厨房，奶奶问：“你是想吃茄子还是扁豆？”我说什么都行，然后就要朝外走。奶奶叫住我，让我帮她削茄子皮。我从没削过，也不明白奶奶今天干吗让我干这个。我只得接过奶奶递过来的小刀子，坐在小板凳上。

奶奶突然说：“我回去以后，你要多帮你妈干活。”

我吃惊道：“你去哪？”

奶奶说：“回老家啊。”

我问：“为什么啊，我一生下来您就在这个家里，怎么现在想起回去了。再说，您回去谁来管我啊。”

奶奶笑道：“看你说的，好像没爹没妈似的，老家你婶子也有孩子，我还没见过呢。”

我说：“那就更不用回去了，可以让他们来北京啊，我也想看看婶子的孩子。”

奶奶说：“说得轻巧，北京这么远，说来就来？你以为是吹气啊。”

我想不出办法，只得说：“反正我妈和我爸是不会让你走的。”

我心里一急，刀子划在手上，左手的中指一道口子，慢慢地，血出来了。我见血就晕，所以当第一滴血流出来的时候，我就不省人事了。

醒来的时候，已经躺在我自己的床上，手上裹着纱布，爸和妈都在屋里。我看看四周，想起刚才的事，问奶奶哪去了。妈说还在厨房呢。我一个鲤鱼打挺，从床上坐起来，吓了妈一跳，用手抓住我说：“你还不赶紧躺着。”

我问妈：“奶奶要回老家，我不想让她走，你和爸劝劝她吧。”

妈看着爸，爸说：“回头咱们一起劝她。”

我和妈去王满仓的裁缝铺取旗袍的时候，王满仓说：“瞧，过了这么长时间，让二丫头同学给您带过话，您说没空，我想着八成是不急着穿。”

王满仓看看妈的身形说：“得，您现在穿恐怕也不合身了。”

妈说：“是啊，等过了再说，不合适再找您改。”

王满仓说：“好说，反正我里边留着量呢，不行就再接点，料子还有富余。”

妈拿了旗袍，拉着我的手，嘴里连声说谢，出了裁缝铺。我问妈：“您干吗不等生了小弟弟再做呢。”妈笑道：“对啊，我怎么还没秀想得周到呢。”

回到家，奶奶和爸在堂屋里说话，我想去听，妈却对我说，赶紧睡觉去。我说我饿了，就去厨房找吃的东西。我掀开锅盖，拿了半个馒头，然后去橱柜里找咸菜。咸菜碗里只有几根吃剩下的咸菜丝儿。我用手捏了两根，转身的时候，发现对面的木箱子里露出一个皮管子头，我打开箱子，看见了一种器具，似乎是医院里用的东西，我猜是奶奶的。

我走出厨房，踮着脚尖往北屋走，上了台阶，听见他们说话的声音，很清晰。

爸说："医生说了，您这是早期，上了镭不会有事。"

奶奶说："我都土埋半截了，就算没这个病，也差不多了，我还想留个囫囵个，我可不想让人把我烧成灰。"

奶奶一说这个，爸和妈就不说话了。

末了妈说："那您不管孙子了？我这说话就生了，您就不想见他？"

奶奶说："要真是孙子我就再回来。"我真想问奶奶，要是女孩就不回来？可妈不问这个，大人有时候很奇怪的，什么事情都不说清楚。

半天，里边一点声音都没有，我甚至以为他们都睡着了。扒着窗户往里看，见爸用手撑着头，好像想事情。妈的表情倒很轻松，她似乎不太在乎奶奶走不走。奶奶正用手抻自己的衣襟儿。

等了半天，还是没人说话，我只得悄悄走下台阶，往我屋里走。月亮可真亮啊，我突然想起三少爷，没准他也站在月亮地里发愁呢。大人发愁都是因为自己，小孩的愁都是大人带来的。

第二天一早，妈就说身上不舒服，爸犹豫去不去上班，最后还是走了。只好我陪着妈去协和看病。我们下了公共汽车往帅府园里边走，妈简直走不动了。幸好一个蹬三轮的从身边过，问是不是去协和，然后把我们拉到门口，还帮着我把妈搀进医院。

妈又住院了，我在病房里等了半天，三少爷来了，对我说："你回家吧，在这也帮不上什么。"妈说："还没办住院手续。"三少爷说："甭管了，一会我去办。"

三少爷送我到医院门口。我真想问他什么时候回家去，可话到嘴边就像冰棍一样化了。但我看见三少爷明显瘦了，还留了胡子。我说：“那天我跟红缨买针去了。”

三少爷没明白，我说：“绣花针，她让我跟她去东口买绣花针。”

三少爷唠叨一句：“没出息，就会绣花。”

三少爷对我说：“注意安全啊，回家对你奶奶说，别担心。”

我走回家已经中午了，奶奶正在做饭，见我回来了，就问：“你妈又住院了？”

我说是。奶奶说：“反正不是什么病，静养着就行了。”又说：“这小子真调皮，在里边不好好待着。”

我问奶奶谁啊，您说谁呢。奶奶笑道：“我说谁呢，就是你弟弟啊，在你妈肚子里闹腾。”

我说：“您知道是男孩还回老家？”

奶奶轻轻拍拍我的后脑勺说：“就那么说，没准说多了，就变成男孩了。”

我追问：“那您还是认为是女孩？”

奶奶笑道："一天到晚问啊问的，你那小脑袋里都装了什么啊。"

我不知道爸什么时候回来的，第二天吃早点才看见爸。爸的眼睛里很多血丝，很吓人的。没想到爸很亲切地对我说："秀真是长大了，都能把妈妈送到医院了，应该表扬。"

我脸都红了。喝完豆浆，我问爸今天还上不上班。爸说上。

爸上班走了，奶奶坐在北屋的台阶上纳鞋底，刺棱刺棱地响个不停。我说要去看妈。奶奶说："你一个小孩，怎么去。"我说昨天就是我把妈送进医院的，我怎么不能去呢。正说着，黑子推开院门进来了。他叫声奶奶，然后就问我干吗呢。我说正要去医院看我妈。黑子说你妈又住院了，反正我没事，我也跟你一起去吧。奶奶笑了，说："那你们就一块去吧。"

出了院门，黑子问我是坐车还是走着。我说随便。黑子说：“走着去吧，反正我没钱坐车。”其实我兜里也没钱。

快走到“人艺”的时候，黑子说饿得走不动了。我说你吃早点了吗。黑子摇头。我说那怎么办。我劝黑子道：“你坚持到医院，我妈那里肯定有吃的。”黑子问：“真的？”我知道，如果我犹豫，黑子肯定走不动了，所以我点头。

果然，黑子一听我那么说，脚步快多了。

进了病房，见妈正跟三少爷说话，看见我和黑子，笑着招手说：“快进来。”黑子脸红极了，像个公鸡似的，三少爷和妈都笑了。我看见妈床旁边的小白桌子上放了个饭盒，饭盒上有个包子，就跟黑子说：“瞧，我说这有吃的吧。”妈对黑子说：“一定没吃早点。”说着拿起那个包子递给黑子。然后看着我说：“你吃了吧？”我点头，但两只眼睛一个劲往黑子的手上看。三少爷一旁笑道：“小孩就是馋。”然后出了病房，一会，三少爷的手里用一张纸托着三个包子进来了，说是办公室里人剩下的。

我和黑子大口小口地吃起来，是韭菜鸡蛋馅的，香得我们俩连话都说不出来。妈和三少爷一旁看着乐。我只吃了一个，剩下的包子黑子都吃了，他吃得真快，两个包子一会就下肚了。妈问饱了没，黑子赶紧红着脸点头。

三少爷去查房了。妈问我："你爸昨晚回来晚吗？"我摇头。妈说："到底晚还是不晚？"我说："不晚啊。"我都不明白为什么要替爸撒谎。

一会，妈又问："他没说来医院？"

我想想说："他说了……"

妈追问："他说什么时候来？"

我吭哧半天，实在编不出来了，低着头掰手指头。

妈好像很失望地往被子上一靠，然后说："我就知道，没良心的，等我生了男孩，看他来不来。"

我和黑子往家走的时候，黑子问我："你妈跟你爸吵架了？”

我摇头说：“没有。”

黑子说：“别骗我了，我早知道。”

我问黑子：“你知道什么？”

黑子说：“大人吵架呗，我妈和我爸天天都吵架，我都习惯了。”

我问他们为什么吵架。黑子想了想说：“谁知道，反正他们喜欢吵架，不吵架就没法活。”

我说：“我爸和我妈吵架是因为我妈不生男孩。”

黑子笑道：“那你妈生个男孩不就得了。”

我说：“万一她生不出来呢。”黑子说：“那就接着生呗，总会生出来的。”我说：“万一永远生不出来男孩呢。”黑子说：“不可能。”

我觉得黑子说得有道理，所以我觉得妈和爸总会和好的。

我一身轻松地往家走，快到隆福寺街的时候，黑子突然问：“你不喜欢三少爷了？”

我愣了一下，说："你管得着吗，我喜欢不喜欢他，那是我的事。"

黑子见我生气了，就哄我道："我就是说着玩呢，你喜欢他就喜欢呗。"

黑子问我："那女的为什么不来了？"我问哪个女的。黑子说："就是岳叔衡那相好的。"

我说："我怎么知道，你去问岳叔衡啊，刚才你怎么不敢问，你连看都不敢看人家，就因为人家给你包子吃。"

黑子说："得了，他就是给我红烧肉吃，也没法收买我。"

我不屑道："人家干吗要收买你，收买你管什么用啊。"

黑子突然神秘地说："岳叔衡永远都没法娶那个女的。"

我问为什么。黑子凑近我说："因为那女的肚子里不是岳叔衡的孩子。"

我反问黑子："那是谁的？"

黑子卖关子，不告诉我。我一屁股坐在路边的一块石头上，说："你不告诉我，我就不走了，回头我告诉你妈，你欺负我。"

黑子妈很喜欢我，不知道为什么，反正她见了我总是笑眯眯的，还叮嘱我："要是黑子欺负你，我扒了他的皮。"

黑子一听，赶紧说："好好，我告诉你，水仙肚子里的孩子是她师父的。"

我好奇道："她师父是谁？"

黑子说："我也不知道，反正是个男的呗。"

回到家，见奶奶坐在北屋廊子底下纳鞋底儿，见我回来赶紧问："你妈好点没？不要紧吧，见着三少爷了？"

我点头，说没事，过几天就出院了。我坐在台阶上，问奶奶："什么叫师父？"

奶奶看看我，说："师父就是教人的人呗。"

我突然悟道："哦，那水仙的师父一定是个唱戏的？"

奶奶笑道："那还有错，还是个挺有名的呢，你小孩子不懂。"

我和奶奶吃完了晚饭，我问爸怎么还不回来。奶奶说，总是单位有事呗。我反驳奶奶说："您就别替爸瞒着了，他回来晚不是工作。"

奶奶吃惊问道："那能是什么？"

我突然停住，不往下说了。我不会像黑子那样卖关子，我真的不知道爸回来晚的原因，即便妈也没有跟我说清楚，但我不想把心里猜测的告诉奶奶，不管怎么说，奶奶现在是病人，我想起厨房里那套奶奶治病的东西，从心里担忧。奶奶恐怕会死的……这是在我脑子里突然闪现的念头，这是我第一次想到人会死去……如果奶奶死了，我就再也见不到她了。

这样想着，眼泪往上涌，我赶紧跑回自己的屋子，关上门，坐在床沿上，这时，眼泪才流下来。为奶奶，为妈，也为了我自己，为了自己那可怜的爱情。

第二天，出乎意料，爸竟然没上班。

他心情似乎很好，拉着我的手说："咱们去看你妈？"

我很高兴，一边答应着，一边往屋里跑，去拿一本小儿书，是我刚从黑子那借来的，是《红楼梦》。妈很喜欢看《红楼梦》，小儿书的她也应该喜欢。我问爸奶奶去不去。爸摇头。

我们没走隆福寺街，而是往东四这边走，然后再从金鱼胡同穿过去。走到东四的时候，爸问我吃不吃冰棍儿，我连忙点头。爸给我买了一根奶油冰棍，递给我，让我赶紧吃，要不一会就化了。

我吃完了冰棍，才走到灯市口。爸问我："奶奶好不好？"

我点头。爸又问："她回老家你想不想她？"我又点头。爸笑着看着我，不再问什么。

我却问爸："奶奶为什么要回去？是不是因为妈不生男孩？"

其实我知道奶奶还有另外的原因，但我不明白她为什么怕死在这里，故意问爸。

爸停住脚步看着我，然后他说："不是，她是不愿意死在这里。"

我惊道："奶奶真的要死了？她为什么不愿意死在这里？这是她的家啊。"

爸说："没有那么快，可人总是要死的，早晚都会死去。她是想早点为死做准备。"

我越发吃惊，死还用准备吗？爸点头说："在这个世界上做什么事都要准备的。你奶奶是怕死后火化，如果回老家，就不用了，埋在地里。"

我不明白，死了不是什么都不知道了？为什么害怕火化呢，难道尸体也会有感觉吗？

爸说："跟你说也说不明白，你长大就知道了。"

大人一碰到说不清楚的事情就是这句话：你长大就明白了。

可我不想等长大再明白这些事。

到了医院，妈见爸来了，掩饰不住高兴，还假装说："你忙就别来了。"爸这才想起什么道："呀，忘了给你买点吃的了。"

妈说："不用，过几天就出院了，再说叔衡一天过来好几趟，每次来都拿东西。"正说着，三少爷手里捧着什么进了病房。爸站起来招呼道："给你添麻烦了。"

三少爷笑道："客气什么，街坊嘛。"

三少爷把一堆沙果放在桌子上，让妈吃，说是洗干净了。妈拿一个最大的递给我，我接过来就是一口，酸得我龇牙咧嘴的。他们都笑了。

爸坐了一会，就拉着三少爷出去说话了，我猜还是劝三少爷。

妈问我昨天跟黑子回去没走丢吧。我说要是丢了，今天就来不了。妈笑着说："瞧我这没油盐的话。"

我实在想听爸跟三少爷说什么，就说要上厕所，出了病房。

可走廊里除了几个散步的病人，根本没有爸和三少爷的影子。我把整个楼道走了一遍，还是没找着，我有一种被愚弄的感觉，难道他们就那么不想让我知道那些事情吗。我回到病房，见妈正跟病房里新来的病人说话，那是个年轻的女人。妈指着我说："这就是我女儿，快 10 岁了。"年轻女人冲我笑笑，然后就忙着跟妈讨论关于生孩子有多疼的问题。

我听妈问："你是第一胎吧？"那女人点头。妈又问她："还打算生几个？"那女人听了，睁大眼睛道："我这个还没生下来呢。"一会，她反过来问妈："您打算生几个？"妈突然沉默下来，然后轻声说道："女人还能做这个主吗？还不是人家让生几个就生几个。"

年轻女人上下打量着妈，说："我看您不像个旧式的妇女，竟然这么想。”停了停又说：“谁能强迫你生孩子？肚子是你自己的啊。”

妈不再说什么，那女人也就没说话的兴趣了。她们把目光都放在我身上。女人说：“看这孩子长得多好，像您。”

妈说：“就是眼睛小了点。”这时候门开了，爸和三少爷走进来，两人似乎都有些激动。

爸坐在床沿上，假装深情地看了看妈。我说假装，是因为爸在家从没用这种目光看过妈，连我都感觉到陌生。

爸对妈说：“叔衡说了，明后天就能出院，回头我找辆三轮接你。”

叔衡一旁道：“不用了，我找吧，您要是忙就不用来了。”

我和爸往回走的时候，想尽办法探听三少爷的事，爸就是不说。我就走不动了，爸蹲下身子，让我上来。我趴在爸的后背上，一种说不出的感觉蔓延了我整个身体。

我扒在爸的耳朵上说："爸，你不会不要我和妈吧。"

爸没转过头，只用一只手打了一下我的屁股。

回到家，奶奶赶忙问什么时候出院。爸说明后天。奶奶问："什么时候买车票？"

爸惊道："您这么急，就不想见孙子一面？"

奶奶说："看你说的，怎么不想，可我就是想回去，没准我就快死了，才这么赶着要回去的。"

爸怪道："瞧您又说这个，大夫不是说了，您这病发现得早，不会有大事的。"

奶奶叹道："老天爷知道。"

奶奶问三少爷的事。爸说："叔衡说孩子已经没了。"我吃一惊。听奶奶说："天啊，这不是造孽吗，岳东升那老东西……"

我真想问孩子是怎么没的，我很好奇，可我不敢问，问了他们也不会告诉我。有很多事情，大人只需互相稍一提醒，似乎一切就心知肚明了。从这个意义上，我愿意快点长大。

奶奶又问："那叔衡还是不回家？他要撑到什么时候，跟水仙结婚还是怎么的？"

爸摇摇头说："谁说得准。"

奶奶似乎在自言自语："看来父子俩都伤了心，谁也不让步。"

爸说："大户人家的事，弄不懂，咱们小门小户的，跟人家是两重天地。"

水仙的孩子没有了，三少爷好像反倒平静了，他也不再来让爸去他家当传话的了。他有的时候也回家看看，回家的时候还吹着口哨，谁也不敢问他关于水仙的事情。黑子爸说，有一天看见三少爷和水仙站在东单的邮局门口说话，像是在商量什么事情，然后两人急匆匆地往天安门那边走了。

妈从医院回来后，奶奶就收拾东西，准备回老家了。我听见妈在北屋轻轻地哭。自己还唠叨，说自己怎么命这么苦，怎么没人疼，眼看快要生了，婆婆非得走。奶奶只是笑，也不争辩。我想，如果奶奶真的怕火化，让她回去就安心了。而妈可以把姥姥接来，而且姥姥住得并不远。

我不懂，奶奶真是心硬啊，我一向以为她很随和，一切以别人的感受为基准，饭桌上，你从不知道她到底喜欢吃什么，她总是问别人喜欢的饭菜，然后去做。纳的鞋底永远都是爸的、我的，然后是妈妈的，很少看到她给自己忙活。可这次才真的显现她的意志，而且那么坚定。

我和爸去前门火车站买票。我最喜欢坐有轨电车，车上的铃铛很好听，我总想，要是能在车上坐一天就好了。买好票，爸顺便带我逛了逛前门，碰上卖江米碗的，买了两只江米碗，我舍不得吃，一只手举着一个回了家。

先跑北屋冲着妈喊："江米碗，我爸给我买的！"然后把一只送到奶奶嘴边让她吃，奶奶不吃，推开我的手，我说："您走了就吃不着了。"奶奶听了，眼泪唰地下来了。妈在一旁怨我道："你就知道惹你奶奶伤心。"

我平生第一次尝到离别的滋味，真是说不出来的难过，好像整个身体都像一只很涩的柿子，怎么都磨不开了。我以为奶奶一难受就不走了。到了晚上，我又恳求奶奶留下，奶奶竟然笑着说："你想我，就让你爸送你去，我给你摘酸枣吃。"我彻底失望了。

第二天在胡同里碰上黑子，他问我："听说你奶奶要回老家了？"我点头。黑子又问："听说她怕死了烧掉？"我瞪黑子一眼，黑子就不敢言声了。我说："你又逃学，回头你爸还得打你。"

黑子说："我爸不在，去外地了。"

我接着在胡同里转悠，不由自主地到了岳家大门前。我似乎第一次发现岳家的大门真的与众不同，别人家的大门油漆都没了，露着木头，木头有的都是破损的；而岳家的大门紫红色的油漆还是那么新，好像有人刚刚刷过；上面的铜门钹、门环闪着亮光，大门两旁的石狮子面目狰狞。往上看，门楼雕着花，真不知道那些砖花是怎么放上去的。

此刻，大门紧闭，像是一个忠诚人的嘴。我盼着从里面出来人，哪怕是红鸾红缨。可门里边安静得没一点声音。

黑子跟在我身后，这时哧地笑道：“你还惦记着三少爷哪，人家连家都不回了，你想也是白想。”

我说：“你管得着吗，我愿意想谁就想谁，就是不想你，气死你。”

黑子摇头晃脑说：“谁让你想了，你要真想我，我还嫌你烦呢。”

我说：“可惜我根本就没想过你，你就别做梦了。”

黑子哼一声：“你才做梦呢，也不看看你多大，就想人家，害羞不害羞啊。”

我被黑子气跑了。我往胡同的南口跑，黑子在后面喊我，正好碰上学校的李老师，教我们音乐的，看见黑子就说：“王石头，你又逃学，我告诉你班主任去。”吓得黑子不敢再追我。

我回到家，看见妈正帮着奶奶收拾行李，我直接往我的屋子走，以此来表示我心里的不满和悲伤。

妈在院子里喊我，我赌气不出去，一会，妈推门进来了，见我不高兴，问怎么了。我摇头。妈拉着我的手说：“走，跟奶奶说话去，回头奶奶一走，好长时间都见不着。”听妈这么说，我眼泪在眼眶里打转。

中午我不想睡觉，悄悄地去了胡同里，都在午睡，只有几个小孩趴在地上玩拍三角。

我猛然看见胡同口进来一辆蓝色的洋车，没错，就是原来水仙那辆。我恍惚看见三少爷走在旁边，还是那英气勃勃的样子。走近了，并不是三少爷，是岳家的管家。他看见我，冲我眨眼睛。我真想问他里边是不是水仙，可我语迟，根本来不及张嘴，洋车便从我身边过去了。

我跟着他们走，等车到了岳家门口，里边的人下来，自然就知道是谁了。

我就站在岳家小胡同的口上等着，车停下来，管家把洋车的门打开。

不是水仙！比水仙高很多。

我往家走的时候，说不出心里什么感觉，只觉得浑身轻飘飘的，像一朵云。

我知道水仙彻底从岳家消失了。但我希望三少爷还爱着水仙，希望他们永远相爱。

过了几天，听到胡同里人说，岳东升请了新唱戏的，大家都不再提起水仙。三少爷也很少回家，几乎见不到。我很盼望着妈生孩子，这样就能见到三少爷。

奶奶走的那天，爸去街上拦了一辆马车，我想跟爸一起去，被爸拦住了，爸让我在家照顾妈。

一阵秋风吹过，我却感觉不到任何爽快，从心底泛起一阵寒意。

奶奶走后的一个星期，上厕所的时候，我发现身体流血了，我赶紧跑去告诉妈。妈看着我吓得发青的脸，笑着说：“秀，你长大了。”

晚上我做梦了，看见奶奶朝我招手，我想过去，可她又摇手。我正犹豫着，看见三少爷和水仙，水仙不穿裙子也很漂亮。我想对三少爷笑，以表示我的大度，可我的嘴像是冻住了。我挣扎，然后醒了，水一样的月光泻在我的床上。我看见晃动在我窗户上的树影，还看见掉落的树叶的影子。

快到年底的时候，妈生了。是我和爸一起把妈送到医院的，三少爷来的时候，孩子已经出生了，我听见很响亮的哭声从产房里传出来。然后，一个护士在那个小窗洞里喊：“5 床，生了，女孩啊。”

请记下你与日子的美好相遇

请记下你与日子的美好相遇

请记下你与日子的美好相遇

请记下你与日子的美好相遇

请记下你与日子的美好相遇

请记下你与日子的美好相遇

请记下你与日子的美好相遇

请记下你与日子的美好相遇

请记下你与日子的美好相遇

请记下你与日子的美好相遇

请记下你与日子的美好相遇

请记下你与日子的美好相遇

请记下你与日子的美好相遇

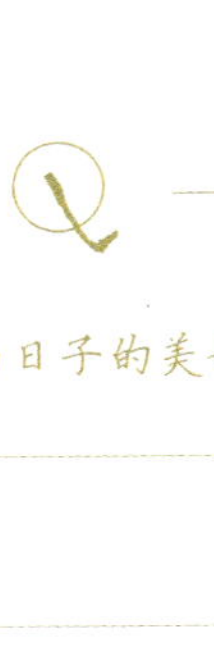

请记下你与日子的美好相遇

请记下你与日子的美好相遇

请记下你与日子的美好相遇